公元787年，唐封疆大吏马总集诸子精华，编著成《意林》一书6卷，流传至今
意林：始于公元787年，距今1200余年

意林轻文库

青春最美，梦想出发
中国式好看轻小说优鲜品牌

图书在版编目（CIP）数据

水瓶座男友.仲夏骊歌.1/悦小喵著.--长春：北方妇女儿童出版社，2018.9

（意林·轻文库.星梦男神系列）

ISBN 978-7-5585-2711-1

Ⅰ.①水… Ⅱ.①悦… Ⅲ.①长篇小说—中国—当代 Ⅳ.①I247.5

中国版本图书馆CIP数据核字(2018)第216334号

水瓶座男友·仲夏骊歌①
SHUIPING ZUO NANYOU·ZHONGXIA LIGE①

出 版 人	刘 刚
总 策 划	安 雅　张 星
特约策划	师晓晖
责任编辑	吴 强　王 婷　孟健伊
图书统筹	糯米兔
特约编辑	宁 阳
绘　　图	猫 树
书籍装帧	胡静梅
美术编辑	袁 萌
作家经纪	卢晓凤
开　　本	880mm×1230mm　1/32
字　　数	300千字
印　　张	6.5
版　　次	2018年9月第1版
印　　次	2018年9月第1次印刷
印　　刷	北京市兆成印刷有限责任公司
出　　版	北方妇女儿童出版社
发　　行	北方妇女儿童出版社
地　　址	长春市人民大街4646号 邮编：130021
电　　话	0431-85678573
定　　价	25.90元

版权所有　侵权必究

如发现印装质量问题，请与印务部联系退换，电话：010-51908584

苏 墨

星座： 水瓶座
年龄： 26
身高： 185cm
血型： 不详
生日： 1月28日

身份： 乌邦国能源司首席指挥官，彗星大学特聘教授，电视台节目科学顾问。

外貌： 亚麻色长发，剑眉星目，蓝紫色的眼眸别有一种魅惑之感；身材挺拔，喜欢穿浅色系长风衣，风雅不羁。

喜欢的事物： 冥想、色彩绚丽的鸡尾酒、大海。

讨厌的事物： 花痴的女生、火、脏东西。

喜欢的食物： 巧克力。

讨厌的食物： 辛辣的调料、炸鸡、油腻的肥肉。

星座个性： 高冷傲娇，有天生的王者风范；崇尚自由，不喜欢被束缚；不在乎不在意的人的看法，表面冷漠，但会对喜欢的人流露出温暖。

能力： 控水师。

目录
CONTENTS

001 楔　子

第一章
003 撕裂时空的手

第二章
021 雨中熔下的结印

第三章
039 你眼中绽放的世界

第四章
055 神奇的古镜

第五章
073 雨中而来的超级男神

第六章
089 梦中的婚礼

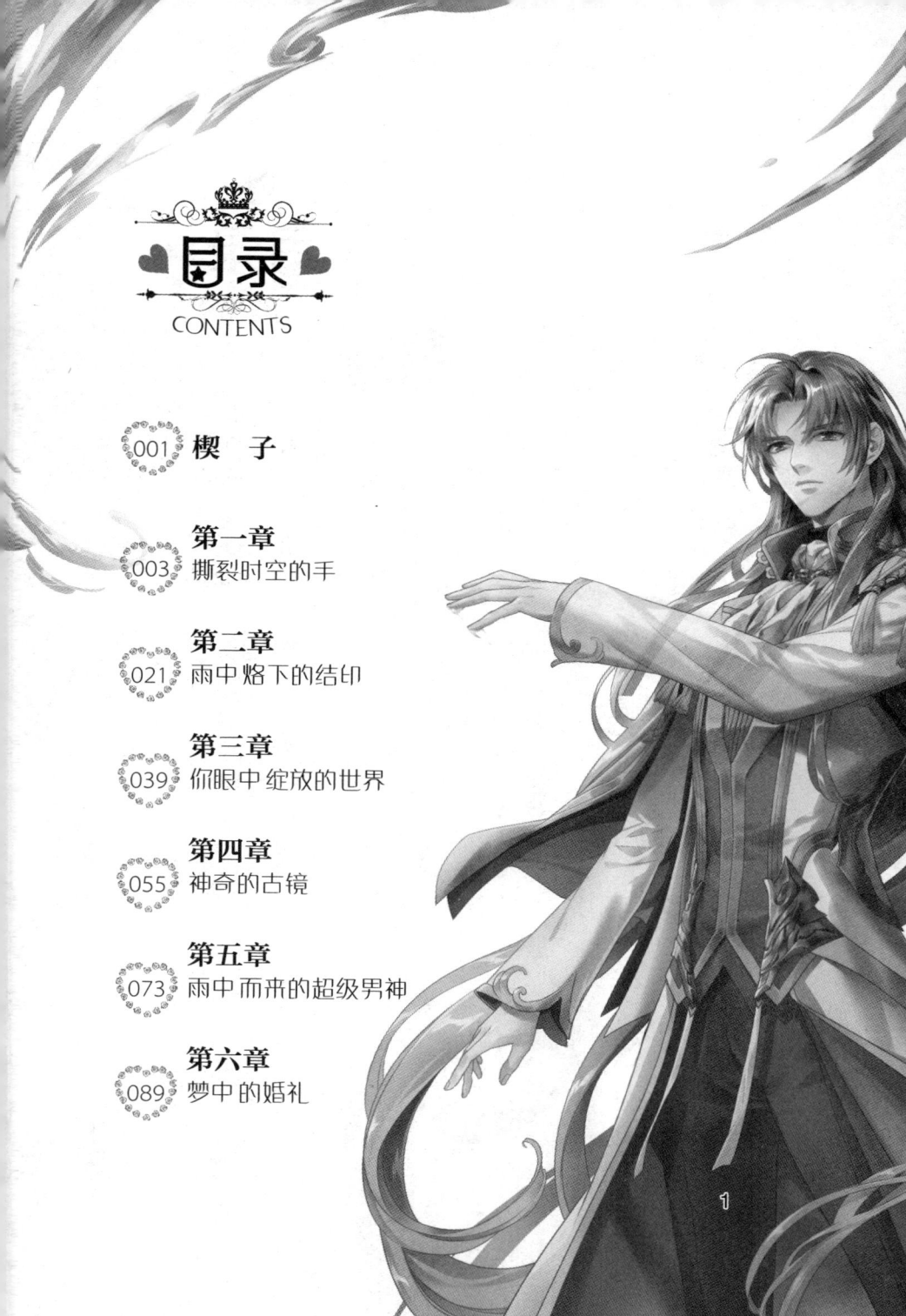

目录
CONTENTS

第七章
107 走向你的单行线

第八章
129 从天而降的精灵少女

第九章
143 遗落心中的珍宝

第十章
163 永远离开的人

第十一章
181 永不完结的故事

195 尾声

199 番外
水瓶物语·指挥官不为人知的一面

楔 子

碧蓝的海水随着海风翻滚，金色的沙子在月光下泛出柔和的光。一名英挺健硕的男子披着银色风衣站在海边，亚麻色长发散在他宽阔的肩后，两道剑眉轻蹙，星子般的眼眸里闪过蓝紫色的幽光。

他的上衣领口微敞，露出里面白皙的肌肤，在他的胸口处，一枚水滴形状的印记鲜明。月光将他的影子拉长，他如雕塑一般站在海滩上眺望海面，背影格外孤寂而冷傲。

他的眉心突然抽动了一下，随即抬起手在半空中虚点了一下，胸口处水滴印记滚烫起来，海面上出现了一个半透明屏幕，现出市立医院的画面。

医院里，人满为患，医生和护士忙碌不停，医院外，排队就医的人犹如长龙……男子握紧了双手，他从来没遇到过这种情况，越来越多的人因基因突变身患恶疾，作为乌邦国的守护者，他却无能为力，一筹莫展……

他痛恨这种感觉。

【苏墨指挥官，陈博士有了重大发现，此刻万立国王正在病理紧急研究小组等您，您快过来吧！】

一行字浮现在画面上方，男子一挥手收起屏幕，一阵海浪忽然涌上沙滩，他挺拔的身影瞬间被席卷。等浪潮退去，沙滩上只剩下一双模糊残缺的脚印，证明刚才有人曾出现在这里。

苏墨睁开眼睛时，已经来到了位于王宫的病理紧急研究小组，这个小组是由万立国王一年前亲手建立的，聚集了国内所有知名学者，希望能找出这次乌邦国灾祸的源头及解决办法。

这个几百平方米的高科技房间里，站着十来个人，当中穿着一身黄

色长袍的男人就是乌邦国现任国王万立，他年近五十，威严的脸上神情严肃。在他的身边，一个头发花白、戴着金丝眼镜的老人面露欣喜，他是研究小组组长陈博士，所有人都围在一个光波球前，直到苏墨出现后，才将视线移开。

"国王陛下，"苏墨对着万立国王行了一个礼，"听说你们有了重大发现……"

陈博士推了推眼镜："是的，苏墨指挥官。我发现这世上竟然存在着平行空间！你看到光波球上那红色的一点了吗？那是一个女孩身上散发出来的特殊能量，她身上拥有可以拯救我们国家的基因！她正是那个平行空间里的人。"

"平行空间？"苏墨蓝紫色的眼眸里现出一抹困惑，"有关于那个空间的具体信息吗？"

"目前没有，只知道那个空间科技发展远远不如我们。我们需要将那个女孩带来我们的世界，这样我才能从她身上找到拯救乌邦国的关键！苏墨指挥官，你是乌邦国最有能力的人，运用你的能力抓住那个女孩，我相信对于你而言，这不是难事。"

"我一定不辱使命。"

一年心力交瘁的研究，让研究小组里的每个人都疲惫到了极点，现在终于出现一点儿进展，有些人甚至激动得流下了眼泪。

万立国王走到苏墨的身边，轻轻拍了拍他的肩膀："好孩子，我相信你不会让我们失望的。"

苏墨肃穆地点点头，陈博士将光波球里的影像传输进一个信息光箔上给了苏墨。回到家后，苏墨来到客厅里摆放的巨大的透明水池前。

他将信息光箔插入水池旁的凹槽中，下一秒，水面浮现出一个女孩的脸。随着水波荡漾，女孩的脸越发生动活泼。

苏墨俊美的脸露出一抹凝重："我们国家的希望，我一定会带你回来！"

第一章

撕裂时空的手

水瓶座男友·仲夏骊歌①

还不到梅雨季节,彗星市却抽了疯似的一直下雨,这让讨厌阴雨天的夏彤彤更感郁闷,她看着窗外连绵的雨丝,将头重重磕在了咖啡馆的木质桌子上。

夏彤彤就读大学四年级,眼看着同学们都离开了学校,进入社会实习,唯有她执着地想要进入彗星市电视台,导致实习工作至今还没着落。时间一天天过去,再这样下去,她可能都没办法交上实习报告,顺利毕业了!

这叫她怎么能不郁闷呢?

电视台对外貌要求比一般企业严格,但夏彤彤自认为自己虽然不是一眼美人,但也算长相讨喜吧。她小巧的瓜子脸只有巴掌大,五官精致柔和,拥有一双小鹿般的灵动眼睛,不化妆时清纯可爱,化妆后美艳动人,可塑性很强。她的身材维持得不错,纤细窈窕,而一米六八的身高放在女生中也算出类拔萃。抛开这些硬件条件不说,她的专业课也是非常优秀的。

可是她向彗星市电视台投了那么多次简历,为什么连一次面试的机会都得不到呢?

"哇,你这是要干吗?赶快把头抬起来,你可是要靠脸吃饭的,把脸磕着了怎么办!"下一秒,夏彤彤的头就被一双小胖手硬生生地拽了起来。

"你轻点儿,我的头发啊!"夏彤彤哀号一声,她捂住自己的头发,可怜兮兮地看着坐在对面的闺蜜。

夏彤彤对面的女孩穿着一条粉色蕾丝长裙,一头长发用粉色蝴蝶结高高盘起,打扮得就像王室公主,她是夏彤彤最好的朋友叶雨兮,就读服装设计专业,是二次元爱好者,现在在经营一家私人定制服饰馆。看着夏彤彤一筹莫展的模样,她也忍不住一脸愁容。

"我想当主持人,想进彗星市电视台,为什么那么难?"

第一章 撕裂时空的手

夏彤彤本来正在难过地抱怨着，忽然发现摆在她面前的杯里的咖啡"嗖"地急速旋转起来，而她的手不受控制地伸向咖啡杯。她一用力，将手拽了回来。

这什么情况？她是在做梦吗？

她努力眨眨眼睛，眼前的一切都如此真实。

"雨兮，你快看！不是我眼花了吧？"

叶雨兮没有回话，夏彤彤抬眼去看，只见叶雨兮像个木偶似的，呆坐在原位，如同被谁定住了一般。

这什么情况？夏彤彤惊得瞪大了眼睛，还没等她有其他反应，杯里的咖啡再次剧烈晃动，竟然腾空而起，变成一股咖啡色的龙卷风，扑向她。

夏彤彤震惊地看着自己的身体被咖啡裹挟着，飘在了半空中。接着咖啡液体变幻成一只手，抓向了她。

天哪！这到底是什么情况？她不会是在做梦吧？救命啊，这个梦也太惊悚了吧！

巨大的恐惧如一双手，紧紧攥着夏彤彤的心脏，她心跳快得仿佛要蹦出喉咙，她拼命想喊，却发不出任何声音。

她死死闭上眼睛，在心里不断地祈祷着：拜托，快让这场梦醒来吧！拜托！

老天爷仿佛听到了她的祈祷，"轰隆"一声，伴随着一道惊天巨雷，她的身体"咚"的一下，坠落在柔软的沙发上。

好不容易平复好心跳和呼吸，夏彤彤睁开眼睛，眼前还是那家咖啡馆，叶雨兮依然坐在对面，正满脸担忧地看着自己。

"彤彤，你怎么了？脸色怎么这么苍白？"叶雨兮伸出手，在夏彤彤眼前晃了晃。

她还在做梦吗……还是说，刚才发生的一切不是梦？

夏彤彤伸手捏了一把自己的胳膊，瞬间的钝痛让她不禁喊出声。

刚才不是梦！

意识到这点的夏彤彤颤抖着问道:"雨……雨兮……你刚才有看到什么吗?比如咖啡龙卷风,一只由咖啡变成的手……"

叶雨兮担忧地摸了摸夏彤彤的额头:"没发烧啊……彤彤,你在胡说什么啊。最近是不是因为找不到工作,压力太大,产生幻觉了?"

幻觉吗?望着面前平静无波的咖啡,夏彤彤一脸茫然。刚才的情况那么诡异,肯定是幻觉吧,这么说她也感觉头好像有点儿晕晕的,大概是晚上没睡好的缘故。

叶雨兮安慰她:"要不我们去马尔代夫玩几天吧?你正好散散心。"

"算了,我没事,我最近还得等电视台的面试邀请呢!哪敢随便跑开啊!"夏彤彤握住叶雨兮的手,露出一个甜甜的笑。

叶雨兮的手肉乎乎的,很柔软,她的手心干燥而温暖,具有一种让人安心的魔力。夏彤彤看着叶雨兮,心里一阵庆幸。

幸好叶雨兮这个好闺蜜一直陪在自己的身边。她们从小一起长大,叶雨兮虽然家境优渥,却从来不会看不起自己。她有一颗金子般的纯净善良的心,总是保护着自己,照顾着自己。有她在身边,夏彤彤觉得自己上辈子简直拯救了银河系!

"最近有场漫展,我们可以去玩玩。"

叶雨兮又换了个提议,夏彤彤刚想回话,手机响了起来。她接起电话,电话那端传来一个好听的女声,通知她去参加电视台的面试。

"什么?"夏彤彤猛地提高音调,"明天早上九点吗?没问题,我一定准时到!"

挂断电话,她不可思议地看着叶雨兮,话都说不利索了:"雨兮……雨兮!"

"怎么了?电话里说了什么?"

"我收到通知了,彗星市电视台让我去面试!"

"哇,恭喜!"叶雨兮高兴地咧开嘴,"我就说嘛,你条件这么优秀都不要你,他们也太眼瞎了!走,我们去吃大餐庆祝一下!"说着,叶雨兮拿起银色蕾丝小挎包，拉着夏彤彤走出了咖啡厅。

缠绵的雨不知何时停了，太阳躲在云层背后，在明亮碧蓝的天空中露出一个模糊的淡黄色影子，夏彤彤忍不住张开双臂，这一切真是太美好了！

吃完饭已经晚上九点多，夏彤彤告别叶雨兮后，独自回了家，她家位于彗星市中心，虽然小区比较老旧，但一应设备都紧跟时代，安保系统也不错，一个人住也没什么好害怕的。

夏彤彤泡了一杯咖啡，闻着醇醇的咖啡香，不由得感慨万千……

当年父亲突然失踪，没多久，母亲就抛下了她，跟前夫复合。没有一个亲戚，年幼的夏彤彤便被父亲的朋友孤儿院院长收养，直到十八岁考上大学那天，孤儿院院长亲手将这套房子的钥匙交给了她，还附带这些年来用于出租所得的房租，院长说这是父亲留给她的唯一财产……

夏彤彤曾想鼓起勇气去找母亲，但想到当年母亲抛弃她，肯定不想再见到她，所以她只是打听了一下母亲的消息。那还是几年前，听说母亲过得并不好，她和前夫所生的儿子沉迷赌博，将家产输了个精光。

童年的回忆纷至沓来，一晃已过去十多年了。

眼角微微湿润，夏彤彤放下马克杯，给自己打气："不要再想了，以后会越来越好的！"

她走进浴室，往浴缸里放水，将叶雨兮送她的泡泡浴盐撒进去，漂亮的紫色渐渐在水中漫延开来，伴随着一股淡淡的薰衣草清香。

夏彤彤脱掉衣服，任自己陷入浴缸，水暖融融的，舒服得让她忍不住闭上眼睛。困意席卷而来，就在她的意识徘徊在睡眠的边缘时，一股水猛地拍在了她的脸上。她睁开眼睛，看到本应平静无波的水此刻变得像海上的浪潮，一波一波地向她袭来。同时，水下如同被人翻搅一般，形成一个旋涡，旋涡越来越大。

夏彤彤没搞懂现在是什么情况，本能地想要起身逃开，却发现她的

身体不由她的意识掌控,而是随着旋涡开始旋转起来。

夏彤彤的头猛地撞上了墙角,一股剧痛袭来,她发现自己忽然能动了,赶紧用尽全身力气往浴缸外爬去。见她要跑,那旋涡里的水竟然变成一只手的形状,朝她抓了过来!

就在夏彤彤逃出浴缸的瞬间,那只可怕的"手"也抓住了她的脚踝。

"啊啊啊!"

夏彤彤吓得拼命尖叫起来,她一边叫,一边将手边就近的东西往浴缸里砸去:地板上的小板凳、储物架上的杂志、卫生纸,还有洗发香波……

"救命啊!谁来救救我!呜呜呜!"她哭喊着,紧攥着她脚腕的手忽然"嘭"的一声,在空中炸裂开来,变成四散的水花落回了浴缸里。

浴缸恢复了平静,夏彤彤连忙跳出浴缸。大理石地砖上,紫色的水洒得到处都是,滑得跟冰面一样,她一个趔趄摔倒在地上,头磕在地板上,顿时晕了过去。

浴室中,响起一个若有若无的男人的叹气声。

"好痛……"

不知过了多久,夏彤彤醒了过来,额头传来尖锐的疼痛,她边揉边坐起身来。

奇怪,她怎么躺在了地上?

当她疑惑时,不久前的画面忽然涌进了脑海中,一只由水变成的手向她伸来……

恐惧顿时席卷了全身,她连忙爬向浴缸,用力拔掉浴缸下水口的塞子,水很快就流失殆尽,只残留下几个小泡泡,仿佛之前的一切只是梦境。

她是又产生了幻觉吗?如果这一切是幻觉,那也真实得太恐怖了吧?她是不是应该去看一下心理医生比较好……

夏彤彤再也没有了泡澡的心思,她匆匆冲了个澡,又将浴室打扫了一番,便疲惫不堪地躺上了床。

窗帘外月明星稀,看样子明天应该不会下雨了,夏彤彤在心里默默祈祷着,希望明天一切顺利。

这一夜,夏彤彤休息得并不好,她不停地做着一个梦,她梦见自己来到了一个奇怪的地方,见到了很多奇怪的人……她还梦到了母亲抛弃她的那天,漫天的大雨,母亲头也不回地离开,背影决绝而残忍……

夏彤彤醒来时,天已经大亮,她挣扎着爬起床,洗漱一番后,换上一件正式甜美的白色蕾丝连衣裙,化了一个淡妆。望着镜子里可爱的少女,夏彤彤露出一个元气十足的笑容。

"今天面试,我要加倍努力!"

周一忙碌的早晨,路上来往车辆川流不息。离公交站牌还有几步远时,夏彤彤看到自己要搭乘的那辆公交车即将开走,她提起裙子就跑,无奈高跟鞋不给力,还没跑几步,她就差点儿摔个狗啃泥。

"啊!"

这时,一辆银灰色的轿车疾驰而过,夏彤彤被风一带,一个不小心,

跌倒在地上。

"你没事吧？对不起啊，伤得重不重？我送你去医院吧！"见状，轿车停在了前方不远处，一个穿着格子衬衫的男生从车上跑过来，一脸急切地询问。

夏彤彤顾不上其他，赶紧从地上爬起来："我没事！"

她刚站起身，公交车就从她眼前开走了，她满脸沮丧："啊……开走了！"

耳畔传来年轻男生爽朗悦耳的声音："你赶时间吗？你要去哪里？我可以送你。"

夏彤彤抬起视线，对上一张俊逸儒雅的脸，面前的男生二十三四岁，他鼻梁高挺，一双明亮的眼睛仿佛天生带着笑意，他礼貌而关切地看着她："别误会，我刚才差点儿撞了你，还害你没赶上公交车，送送你也是应该的。"

他看起来不像是坏人……而且时间确实已经不早了。

夏彤彤只得感激地点点头："那麻烦你了……我要去彗星市电视台。"

车子疾驰在宽阔的柏油马路上，道路两侧的花朵和树木在快速地倒退着，夏彤彤紧张地从包包里拿出自己整理的一些主持资料，开始念念有词地背起来。

男生好奇地问："你是主持人吗？"

"目前还不是，今天我只是面试。"

"这样，那祝你面试顺利喽。我叫江潮，有一些朋友也在彗星市电视台工作，没准以后我们还能在那里再遇见呢。"

夏彤彤不好意思地红了脸："谢谢。"

目的地很快就到了，彗星市电视台那具有标志性的H形大厦在阳光下熠熠生辉，现在是上班时间，大厦门口工作人员穿梭不断。

夏彤彤心中忍不住一阵雀跃，江潮停下车，绅士地为她打开了车门，他的笑容如阳光一般耀眼。

"面试加油哦！"

夏彤彤一愣，内心的紧张瞬间缓解了不少，她露出了一抹快乐的笑容："谢谢你，我会加油的！"

虽然她最近总是倒霉，但面试这天遇到了这么好的人，也预示着今天会有好事发生吧！

她深呼吸一口气，整理好心情，大步走进了梦想的大楼。

这是夏彤彤第一次来到梦想中的圣地，彗星市电视台的大厅比她想象中还要豪华美丽，洁白的大理石地板一尘不染，休息区摆放着高雅的茶几和舒适的沙发，供人休憩……

面试只花了十分钟，美丽的女面试官便告诉夏彤彤，她通过了面试，现在只要去向电视台副台长陈御剑报到即可。

夏彤彤坐电梯到达十四楼，高跟鞋踩在厚厚的地毯上，走起路来如在云端，长长的走廊里一个人都没有，安静得仿佛能听到自己的心跳声。她数着房间号来到陈御剑的办公室，挤出灿烂的笑容后，才抬起手敲响了门。

"请进。"门内传来一道沉稳的声音。

陈御剑是一个四十岁出头的中年人，他身材微胖，坐在桦木办公桌后，一脸和蔼可亲。

夏彤彤内心一阵忐忑："副台长您好，我是夏彤彤，是面试官通知我来见您的。"

"坐吧，不要拘束……嗯，不愧是夏家千金，气质果然出众，我没有看错人！"陈御剑上下打量了一番夏彤彤，脸上笑容可掬。

夏家千金？

听陈御剑这样称呼自己，夏彤彤一头雾水。

"我看过你的简历，成绩优异，外貌也不错……所以虽然你没有资历，我还是破格录用了你，不过在实习期内，如果你表现优越，也有极

大的机会成为咱们电视台正式的主持人的。"

陈御剑将一份合约递给坐在办公桌对面的夏彤彤,看着这一纸合约,夏彤彤的胸口涌起一股暖流,她简直不敢相信这是真的。

她真的离梦想这么近了吗?

夏彤彤激动地接过合约,想也不想就签上了自己的名字:"谢谢!谢谢副台长!我一定会好好努力的!"

"不用客气,"陈御剑意味深长地笑着说,"以后我们台里的节目,说不定还需要夏家的赞助呢!"

"啊?"夏彤彤莫名其妙地抬起头,赞助?她能赞助什么呢?

"喀喀……"陈御剑咳嗽了一声,"这些之后再说,你现在去综艺科报到吧。"

离开副台长办公室,夏彤彤的眼睛亮晶晶的。她的美梦终于成真了!现在她是彗星市电视台的实习女主持了。

大概是她脸上的笑容太过明亮,好几个与夏彤彤擦身而过的工作人员都奇怪地看着她,夏彤彤拍了拍自己的脸:"镇定镇定……要好好努力工作!"

夏彤彤坐电梯来到二楼,经过一条长长的玻璃走廊,走廊下面是五彩缤纷的花园,金灿灿的阳光照射在层层叠叠的绣球花上,清晨的露水还未干,折射出耀眼的光芒。她顺着走廊穿梭到另一座大楼里,这里到处都是忙碌的工作人员,没人有空理睬她。

"综艺科……三楼。"

循着大楼微型地图的指示,夏彤彤来到三楼,在一群黑压压的人头中,她一眼就看到了一位气场强大的女人。女人看上去三十岁出头,着一身白色西装,打扮得非常干练,利落的短发只到耳根,耳垂上戴着一只玫瑰花形状的钻石耳钉。

综艺科正在播放一期街拍美食节目,女人正聚精会神地看着屏幕里的路边采访,而她身边的工作人员都屏息凝神着。

哇!王心监制!

夏彤彤认出了那个女人,正是彗星市电视台里大名鼎鼎的制作人王心。她看过好几期王心的人物采访,知道王心做出了很多档爆红的综艺节目,例如全国皆知的《国家古物》《制造101》……

夏彤彤安静地站在一旁,等王心终于忙完后,才上前做自我介绍。

王心眼神带风地看了她一眼:"我收到了副台长的消息了,正好下期节目缺个路人,你就当个跑龙套的吧。"

王心的语速又快又急,不由分说就给夏彤彤安排了任务,随后像一阵风般的离开了。

夏彤彤茫然地待在原地,幸好有一个同样负责跑龙套的女生好心攀

谈,带着她一起去化妆间换衣服。

新工作开始了——在节目里跑龙套,就是在摄影机能拍到的地方走来走去,不仅要每隔几分钟换一次衣服,还要管理好自己脸上的表情,夏彤彤穿着高跟鞋走了几个小时,后背早已沁出了一层汗珠。

就算是这样,她还要随时承受导演的怒火——

"喂!那个新人快动起来,像逛街那样!"

"笑容自然一点儿,这是上电视呢,面无表情对着观众可是不行的!"

"能不能专业一点儿?你是没吃饭吗?"

夏彤彤擦了把汗,继续走来走去……累到腿都要断了还要自我安慰就当是锻炼身体了。

"哈哈……新人就是新人,别以为有点儿小背景就会被特殊对待。"

一道尖锐的嘲讽声飘来,夏彤彤心里一颤,她转过头去,只见一个漂亮的女生站在她的身后。女生长发披肩,紧身连衣裙勾勒出她玲珑有致的身形,一张巴掌大的小脸画得精致而妩媚。女生看起来非常面熟,应该是常出现在电视里的女主持人,不过夏彤彤一时想不起女生的名字。

女生迎着夏彤彤的目光,瞪了她一眼,艳丽的脸上神情嚣张:"走后门的,看什么看?"

夏彤彤蹙起眉头,自己都不认识这个女生,更别提得罪过她,为什么这个女生一副看不惯自己的样子?

"喂,你是怎么惹上陆镜蓝的?"夏彤彤正一脸纳闷,旁边的女生好心提醒她,"别看陆镜蓝现在还没有什么重要节目,却是咱们台里最有潜力的新人主持。她刚来台里时就发表了宣言,说自己要独当一面,做最当红节目的女主持人。"

夏彤彤瞪大了眼睛,怪不得,陆镜蓝这是把她当作竞争对手,在向她示威呢!

一时间,她的心里燃起了熊熊斗志,转过身对陆镜蓝反驳:"我也

是靠实力进来的，并不是你说的走后门。还有，我的目标也是做全国最有影响力的节目，所以大家都是站在同一条起跑线上的！"

没想到夏彤彤会直接反驳自己，陆镜蓝愣了一秒钟，冷哼一声，不屑地走开了。

"夏彤彤，你好强哦！居然敢这样和陆镜蓝说话。"

旁边的女生忍不住感叹，可没过一会儿，就有人把她拉到一旁说了些什么，还不住对夏彤彤指指点点，等女生再回来时，她就像怕惹祸上身似的，对夏彤彤选择了回避。

接连好几天，夏彤彤都发现自己在电视台的处境很微妙，除了必要的工作接触，大家都像躲瘟疫似的躲着她。除此之外，她每天的工作都是当人肉背景板，跑龙套打杂，跑腿买咖啡……这样的生活让夏彤彤很无奈，可为了自己的梦想，她也只能咬牙坚持下来。慢慢地，她也能演一些有几句台词的角色了。

工作不如意，就连天气也变得阴沉起来……晴朗了没几天的彗星市又开始雨水不断，阴雨连绵的天气让夏彤彤发现，自己周围又出现了一些莫名其妙的状况——比如，有时候走在积水的道路上，她会突然不受控制地摔倒；即使撑着伞，落下的雨滴也好像有生命似的，只往自己身上淋。

过了两天，情况越来越严重，连喝水、洗手时都会出现意外，所有流动的液体，都好像拼命往夏彤彤身上涌去一般，那奇怪的引力让她心神难安，精神饱受摧残，夜不能眠。

这一天拍节目又逢暴雨，夏彤彤撑着伞站在雨里，台本上的内容一个字都记不住。

因为休息不好的缘故，夏彤彤一整天精神都在恍惚，她正在发愣，忽然瞧见瓢泼大雨中，雨滴渐渐聚拢成一个人形，这个"雨人"身形高大挺拔，却没有五官，他缓缓朝夏彤彤走来。

夏彤彤不敢相信地揉了揉眼睛……人形依然存在，她没有眼花！

"夏彤彤，跟我走。"雨人发出低沉的男声。

真是见鬼了！

"你是什么东西？你……你……你怎么会说话？"夏彤彤吓得说话都磕巴起来。

雨人没有回话，只是带着一股难以抗拒的巨大压力向夏彤彤渐渐逼近，一种强烈的危机感涌上心头，夏彤彤再也站不住，撒腿狂奔起来。

"夏彤彤你什么情况？"

其他人却看不见雨人，只看到夏彤彤突然发神经似的狂跑，她一下子打乱了拍摄的节奏，王心愤怒地朝助理小陈说道："还愣着干什么？快把她给我带走！"

浑身颤抖的夏彤彤被助理小陈拉着回到了电视台的化妆间，害怕王心监制等急了，小陈只给她倒了杯热水，安慰了她两句就匆匆走了。还没有坐稳，夏彤彤又看到杯里水波荡漾，吓得甩手就将水杯扔在了地上。

她感觉自己要精神崩溃了！

她再也无法一个人在电视台待下去，向王心请了假，就打车直奔叶雨兮所在的服装工作室。

叶雨兮一开门，夏彤彤就扑进她的怀里："呜呜呜，雨兮，好可怕啊！我怕是要疯了！"

叶雨兮看着淋成落汤鸡的闺蜜，一脸焦急："怎么了？发生了什么？"

"我……我一直产生幻觉，老看到水不是变成手，就是变成人，想要抓住我！"

"没事的，不害怕，这不是有我在吗？"叶雨兮一边轻轻拍着她的后背，一边耐心地安抚着她。

在叶雨兮的照顾下，夏彤彤的情绪稳定下来。

"彤彤，你看雨停下了，天晴啦！"叶雨兮摸了摸夏彤彤的头发，"我们出去散散心吧！"

第一章 撕裂时空的手

"雨停了？真的吗？"

夏彤彤直起身子望去，窗外果然云开雨霁，天边还架起了一道七色的彩虹，美不胜收，她紧绷的神经终于放松了下来。

叶雨兮拉着夏彤彤换了一身干爽漂亮的连衣裙，又给她化了一个美美的妆容，将苍白憔悴的她打扮得容光焕发，这才一起美滋滋地出了门。

雨后天晴，天空湛蓝，微风徐徐吹过，凉爽的空气中夹杂着淡淡的青草香，哪怕夏彤彤的心头还压着沉甸甸的大石头，也不禁感到愉快起来。

"别太担心啦！"叶雨兮安慰着夏彤彤，"等明天你去上班，好好跟上司道个歉就好了。"

夏彤彤扯出一抹苦笑："也只能这样了。"

她本来对买东西就兴趣不大，只管跟着叶雨兮一通瞎逛。彗星市的未央花街广场周围开满了精致的小店，深受女生们的喜爱，叶雨兮到处张望着，看到一家装修很别致的水晶店铺，眼睛忽然一亮："听说水晶安神效果不错，走！咱们去看看。"

叶雨兮拉着夏彤彤走了进去，这家店铺的装潢可爱别致，浅紫色的木质招牌上刻着"星座馆"三个大字，门口垂着水晶珠帘，撩起珠帘时会发出清脆的撞击声。店里的空间不大，在粉紫色的纱幔装饰下，如梦似幻，仿佛带着一种神秘的魅力。水晶饰品按照格子摆放，每个格子里还写着相应的星座解读。

店主是个二十多岁的年轻女孩，她披着一身紫色轻纱，身上的银饰叮当作响，正在洗一副塔罗牌，牌面上绘制着华丽繁复的图案，看起来很迷人。

"老板，你会看星座吗？"叶雨兮感兴趣地跑过去。

店主轻笑起来，露出两个可爱的酒窝："会看一点点啊，姐姐要看吗？"

"不是我，"叶雨兮连忙转过头，招呼正在看水晶的夏彤彤过来，"彤彤，你来看看啊！"

夏彤彤笑着说："不了吧……我不太信这个。"

"玩玩而已啊,你最近不是倒霉吗?求点儿心理安慰呗!"

见叶雨兮兴致勃勃,夏彤彤只得答应:"好吧。"

"来,姐姐摸张牌。"店主姑娘将牌摊开。

夏彤彤随便抽了一张就递了过去,店主接过去一看,脸上露出惊讶的神情:"哇!姐姐你最近是不是很怕水?这张是'宝剑',牌面代表着暴雨……"

"你怎么知道?"夏彤彤震惊了。

"灰暗的天气和急切的暴雨……这是感情伤痛的体现。"店主摩挲着下巴,"被宝剑贯穿的心脏在这阴冷的雨中痉挛,这是个不得不接受的残酷现实。"

夏彤彤和叶雨兮听得一愣一愣的,店主压低声音:"看来,姐姐的真命天子和'水'有关呢!说不定就是水瓶座的哦!"

说着,她突然展颜一笑:"姐姐还是单身吧?买一串可爱的粉晶可以招桃花,很适合你呢!"

夏彤彤顿时语塞,心里掠过失望……什么呀,原来还是为了推销。

傍晚,两个人满载而归,夏彤彤的心情也平复了许多,第二天一去电视台上班,就向昨天参与拍摄的所有工作人员挨个道了歉。之后的日子,虽然偶尔还是会出一些小状况,但无伤大雅,时间久了,夏彤彤害怕的心情也慢慢变淡了。

电视台工作繁忙,即使是小透明如夏彤彤,也会有忙到通宵的时候,也许是她工作认真又任劳任怨,她的人缘渐渐好了起来,除了陆镜蓝还是一直都看她不顺眼。

午饭时间,夏彤彤一边吃东西,一边看下午的台本。

"彤彤,心姐叫你吃完饭去剪辑室找她。"助理小陈特意过来找她,冲她挤了挤眼睛,"心姐对你最近的表现很满意,加油!"

"谢谢,我这就过去。"夏彤彤两三口吃完剩下的饭菜,便匆匆朝剪辑室走去。

剪辑室里只有王心一个人在，夏彤彤进去时，她正在看着之前的节目剪辑。王心转过头来，一脸严肃："夏彤彤，你最近表现不错。我要做一个夏季特别运动节目，名字叫'清凉一夏'，想问问你，你愿不愿意当这个节目的外景主持？"

"什么？我吗？"没想到是这么好的消息，夏彤彤克制不住脸上欣喜的神情，"愿意！我当然愿意！真是太感谢了，我一定努力……"

"好了，出去吧，我还有事要忙。"王心打断了她的道谢，扭过头继续看屏幕。

夏彤彤满肚子的话卡在喉咙里，她失落地准备离开时，身后传来王心淡淡的声音。

"我知道台里流传着你有背景的传言，不过记住，我只看实力不看背景。钻石总会发出光芒，珍宝就算掉进了土里，也一定会有被人看到的一天。"

走出剪辑室，夏彤彤深呼吸了一口气，鼻尖感到一阵酸涩……她朝自己的梦想又近了一步。

傍晚时分，天空乌云密布，一副要下雨的模样，节目提前结束拍摄，夏彤彤打电话给叶雨兮，约定收工后一起吃饭。

"好久没有这种畅快的感觉了啊！"夏彤彤站在时代广场的喷泉前，想起小时候她曾经傻傻地在这里许愿，忍不住笑起来。

她从包里掏出一枚硬币，双手合十，默默祈祷：祝我一切顺利，祝雨兮也永远快乐健康。

"砰！"

硬币在空中划过一道银色的弧线，砸到喷泉中心底部，仿佛点亮了开关，美丽的银色水花伴随着悦耳的音乐喷涌而出，夏彤彤惊叹起来：

"哇！好漂亮啊！"

欣赏了一会儿喷泉,叶雨兮提着一个大纸袋子,朝着夏彤彤跑过来:"彤彤,久等啦!快走吧,看来又要下雨了……"

"轰隆!"

天空中传来一声巨响,一道闪电直直劈向了夏彤彤身后的喷泉里,一场大雨瞬间倾盆而至,立马将来不及躲避的行人淋了个透心凉。

叶雨兮连忙从包里掏出伞撑起,这时仿佛有某种吸引力般,夏彤彤没有顾及自己浑身湿漉漉的,回过头看去,白茫茫的雨幕后,喷泉仍然在喷洒,一个青年的身影若隐若现……

夏彤彤以为自己眼花了,怎么会有人故意跑到喷泉里站着?她揉揉眼睛,再度睁开,发现那个青年依然在那里站着。

明暗交错的光线下,她只能看到他身材高大,体型健硕,穿着一件银色长袍。青年亚麻色的长发迎风而飘,似乎一点儿也没被水淋到。

好像注意到了夏彤彤的目光,青年也看向了她,他俊美的五官如雕刻一般精致,那双蓝紫色的眼眸似乎散发着幽光。

"彤彤,你愣着干什么呢?快走呀!"叶雨兮拍了拍夏彤彤的肩膀。

"我……"夏彤彤刚想回答,叶雨兮发出一声吃惊的声音:"哇!这是哪个男明星啊?长得也太帅了……你刚才就在看他啊!他站在喷泉里干吗?这是在拍电影吗?"

青年目光锐利,直直盯着夏彤彤,接着,他缓缓迈动步伐,走出了喷泉。

夏彤彤浑身打了个冷战,她发现青年的目光中流露出像看到猎物一样的神情。

"雨兮,我冷,我们快走吧!"夏彤彤连忙拉着叶雨兮,一路小跑着离开了。

叶雨兮一边跟着跑,一边不住感叹:"现在的明星好敬业哦!"

第二章

雨中烙下的结印

1

青年从喷泉中走出来,身上的银色长袍上却一滴水珠也没沾到,他看着远远跑开的女生的身影,英俊的脸上露出一抹若有所思的神情。

他正是乌邦国的首席指挥官苏墨,任务是前来彗星市带走拯救乌邦国命运的女孩……刚才跑开的那两个女生其中之一,就是他的任务目标。

"哇!这个人好奇怪哦,他的衣服是不是没有淋湿?"

"快拍下来发个小视频!"

有两个女生注意到了他,连忙拿起手机偷拍他,苏墨深邃的眼眸中掠过一道光,胸口忽然散发出一抹水雾般的蓝光,雾气弥漫开来,两个女生的面容上浮现出茫然的神色,好像失忆了一般。

"我在干什么?"

"一个破喷泉有什么好拍的?快走啦!"

两个人走远了。

解决掉这个小麻烦,苏墨抬起头打量起这个地方——高楼大厦鳞次栉比,温暖的橘色路灯已经亮起,点缀着快要入夜的墨蓝色天空,行人匆匆地赶着回家。

"看起来和我们国家差不多……"

苏墨收回好奇的目光,瞥了一眼不远处的服装店橱窗里的男装,他抬起手按了按胸口,一阵雨雾弥漫,将他整个人都包裹起来。等雾气散开时,他亚麻色的长发变成了柔顺利落的短发,银色长袍被笔挺高档的米色风衣所取代,搭配着清爽的白色T恤和牛仔裤,整个人就像从画报里走出来的模特。

"呼……"

做完这一切,苏墨光洁白皙的额头已经沁出了薄薄的汗珠:"不行……我的能力已经消耗了太多。还是先观察一下,再做之后的计划吧……"

他深吸一口气,强忍住胸口闷痛的感觉,消失在越来越浓的夜幕中。

第二章 雨中烙下的结印

坐在叶雨兮指明要吃的网红意大利餐厅里,夏彤彤有点儿心不在焉,透过玻璃窗,她看着连绵不绝的雨,脑海里都是刚才喷泉里的奇怪青年。

不知道为什么,一想到他,夏彤彤就觉得心慌。叶雨兮只顾着跟眼前的"阿芙佳朵"甜品奋战,吃得不亦乐乎。

"彤彤,你怎么不吃啊?他们家的甜品超有名,超美味的!"

"我吃不下啦,这份也给你吧!"夏彤彤把自己那份甜品推到叶雨兮面前,双手合十拜托,"只求你一件事……雨兮,你今晚陪我睡吧!"

虽然觉得自己有点儿小题大做,但夏彤彤也无法解释心里莫名的恐惧,只希望晚上能有个人陪陪自己。

"好啊。"叶雨兮想也不想地回答,"呜哇……太好吃了,我还要打包一份甜品当夜宵。"

"没问题!"夏彤彤的大眼睛笑成了弯弯的月牙。

忽然之间,一个清亮的男声在夏彤彤身旁响起:"嗨!这么巧,居然在这里遇到你。"

夏彤彤抬起头,发现一个帅气的男生不知何时站在了这里,他的眼睛像黑曜石般深邃,一身休闲打扮,长得清爽帅气,如邻家大男孩。

他看着夏彤彤,俊朗的脸上带着惊喜的微笑。

夏彤彤愣住了:"你是……"

"我是江潮啊!"男生一怔,好看的眼睛里露出一抹失望,"上次载你去电视台那个……夏彤彤,我还记得你呢。"

"啊!"夏彤彤终于想了起来,她赶紧站起来道歉,"对不起!都怪我最近太忙了,脑子不够用。上次的事我还没来得及好好跟你道谢!"

叶雨兮好奇地看向江潮,眼里闪烁着八卦的光芒,夏彤彤怎么会不了解自己这位闺蜜,她无奈地转过身:"雨兮,我给你介绍一下……"

夏彤彤把自己没赶上公交车,江潮好心送她去电视台这件事讲述了一遍,叶雨兮对江潮的印象分顿时"哗啦啦"往上涨。

"哇!江潮你真是太好了,像你这么热心的男生真少啊!"叶雨兮

夸张地瞪大眼睛，笑眯眯地说，"我叫叶雨兮，彤彤的好朋友，那个……请问你是水瓶座吗？"

"啊？"面对叶雨兮突如其来的问题，江潮完全摸不着头脑。

生怕好闺蜜说出什么惊人的话，夏彤彤赶紧拿起背包，拽起叶雨兮："那个……时间不早了，我们就先走啦！"

叶雨兮不想走，还想再追问什么，江潮看了一眼窗外："外面还在下雨，我看你们都没带伞……我送你们回家吧。"

"这个不太好啦，我们打车回去就可……"夏彤彤话音还没落，叶雨兮就打断了她的话："那就谢谢你！拜托啦！"

夏彤彤轻轻掐了叶雨兮一把，对方朝她吐了吐舌头。看着这对闺蜜有爱的互动，江潮忍不住露出灿烂的笑容。

"能送你们回家，是我的荣幸。"

唉……雨兮什么都好，如果不这么八卦，就更好了！夏彤彤无奈地叹了口气，只好答应下来。

江潮的车开出停车场，缓缓驶入街头，可能是因为下雨，商业街车流拥挤仿如一条长龙，刺耳的喇叭声接连不断地响起，移动的速度像蜗牛一样缓慢。

"江潮，你是什么星座啊？"聊了半天的叶雨兮将话题带到星座上面。

"我是双鱼座。"江潮眨了下漂亮的桃花眼，好奇地看着叶雨兮，"怎么了？你们都很喜欢研究星座吗？"

"双鱼座……浪漫倒是很浪漫啦，但为什么不是水瓶座呢？"

夏彤彤一看叶雨兮的表情就知道她打的什么主意，不过好在得知江潮不是水瓶座之后，叶雨兮就转移了话题……叶雨兮性格活泼，和江潮聊得很开心，不想加入聊天的夏彤彤看着车窗外的雨景，视线冷不丁撞上一个挺拔的身影——

一个丰神俊朗的青年站在路灯下，汽车驶近，夏彤彤看清了他的面容。

这不是刚才从喷泉里走出来的青年吗？

为什么他在淋雨呢？看他换了一身衣服，应该已经拍完节目了，怎么都不拿一把伞呢？

她好奇地盯着他，就在这时，青年好像注意到了她的视线，目光忽地看过来。

虽然知道夜色深沉，隔着雨幕，青年不太可能看到她，但夏彤彤的心跳还是猛地加快了速度。

前方道路终于通畅，车子加速飞驰起来，看着后视镜里的青年的身影越来越远，夏彤彤心里涌上了一股说不出的感觉。

2

一连好几天,彗星市都大雨不断,天空好像被撕开了一个大口子,雨水从天上倾盆而下,城市陷入了不同寻常的雨灾中。彗星市电视台的多档娱乐节目被迫停止,夏彤彤的外景主持自然也泡汤了,没什么工作的时候,她就赖在家里睡觉。

"丁零零……"

正睡得迷迷糊糊,手机响了起来,吓得夏彤彤一个激灵。

"喂?哪位……"

夏彤彤刚按下接听键,就听电话那头助理小陈急切地说:"彤彤!今天的新闻需要街头采访,可是外景人员不够,王心监制叫我联系你帮忙!你快点儿去休士顿大街!"说完,小陈就挂断了电话。

夏彤彤瞬间从迷糊中清醒,忙乱地套上衣服就跑出了门。

"呼……呼……"

休士顿大街离她家只有十分钟距离,但路面积水很深,夏彤彤艰难跋涉了几步就大汗淋漓,披在身上的透明雨衣又闷又热,汗水沁了出来,衬衫粘在皮肤上很难受。

"加油……夏彤彤,就快到了!"

这是多么好的学习机会,她一定要把握住!

当夏彤彤跑到休士顿大街时,已经完全成了个落汤鸡,从头到脚没有不湿的地方,彗星市电视台的外景车停在马路边,几个拍摄人员护着机器着急地张望着,她赶紧跑了过去。

"久……久等了!我是来帮忙的外景人员!"

"是吗?这次真是谢谢你了!"导演喜出望外地将话筒塞给她,"赶快开始吧,新闻主持你做过吧?这次我们的主题是报道这场暴雨,你即兴发挥就好了!"

说完,他就示意后方的摄影师开始准备,夏彤彤拿着话筒愣在原地……报道新闻?

导演是不是误会了……她从来没有做过现场新闻主持啊！

不过摄影机已经对准了自己，夏彤彤就算是心头打鼓，也只能努力镇定下来——

"大家好，我是特约记者夏彤彤，我现在的地点是休士顿大街，这场罕见的大暴雨还在持续……"

强迫自己冷静下来以后，夏彤彤居然发挥了超强的适应能力，现场编的台词也越说越顺溜，不但没有出一丝差错，反而还能从手势和表情中明白导演的意思，知道什么时候应该插入画面和镜头，默契的配合让导演和其他工作人员频频点头。

很快，报道到了收尾阶段，只要说完最后一句台词就结束了。

"虽然并不建议私家车出行，但依然有很多市民开车出门，现在市中心十分拥堵，大家行车要注意安全……"

夏彤彤一边说着，一边示意摄影师拍摄马路中间堵车的场景。忽然，她脚底一滑，没注意到脚下的小石子，一个趔趄，本来站在路旁的她猛地向马路中间栽去——

一束白花花的灯光直直照射过来，刺得夏彤彤的眼睛都睁不开，等她反应过来，一辆汽车迎面疾驰而来，躲避不及的她马上就要被撞。

"啊——"夏彤彤绝望地闭上眼睛。

过了好一会儿，想象中的剧痛都没有到来，夏彤彤怀疑地睁开眼睛，发现周遭的一切仿佛被人按下了暂停键：导演、摄影师、行人们惊恐的神色被定格住，汽车轮胎溅起的水花和雨水停在空中……

她震惊地瞪大眼睛，注意到自己的身体居然被一片蓝色的水雾包裹着，不停地缓缓上升，飘浮在了半空中。

天哪，这……这究竟是怎么回事？

她挣扎着想要脱离水雾，却徒劳无功，惊恐间，看到一个穿着米色风衣的青年站在街角，在对着她做出一个奇怪的手势，仿佛动画里的结印一般。他剑眉星目，一双漂亮的蓝紫色眼眸看不出情绪。

怎么又是他？那个从喷泉里走出来的青年。

没等夏彤彤多想，"砰"的一声闷响，她从半空中摔在了地上，脑袋重重地磕在人行道上，撞得她头昏眼花。

"你没事吧？我给你叫救护车！"离她最近的工作人员立马跑过来，急切地问道。

夏彤彤努力想要从地上爬起来，大概是因为惊吓过度，她的四肢绵软无力，浑身疲惫得像灌了铅，怎么也起不来。她放弃了，任由自己躺在地上，最后两眼一黑，晕了过去。

再次醒来时，夏彤彤发现自己躺在医院的病床上，护士小姐正在给她换点滴药瓶。

看到她醒来后，护士一脸兴奋："夏小姐，你醒了！你真是太幸运了，听说你是从车下死里逃生的，真是奇迹！"

"我……吗？"夏彤彤从病床上坐起来，她的脑袋疼得快要炸裂。

"是啊，医生给你做过检查，除了头部有些轻微脑震荡，其他一切都好。"护士关切地说，"一会儿你就可以出院回家了。"

"谢谢。"

夏彤彤道了谢，从衣服口袋里拿出手机，上面十几通未接来电都是叶雨兮打的，她刚想拨回去，病房里"呼啦啦"地拥进了一大批人。

"夏彤彤，你真没事啊！"

"呼……太好了，看到你差点儿被车撞上，我都要吓死了，原来你真的没事！"

"真是吉人自有天相啊……"

电视台的同事们前来探望她，大家都在讨论着夏彤彤"死里逃生"的奇遇，兴奋地拉着她问东问西，外景新闻的摄影师也在其中。

"说起来，这次你也算是因祸得福啦！在现场直播中出车祸，人却没事……你现在已经被观众记住了！"

夏彤彤一愣……怎么人人都说她出了车祸？她努力回忆着外景主持时到底发生了什么事情，却不管怎么想都想不起来，反而脑袋一阵剧痛。

"不过你最近要小心陆镜蓝。"先前和夏彤彤一起跑龙套的女生沈小美，如今已经成了一名助理，她悄悄地嘱咐夏彤彤，"陆镜蓝眼红你人气飙升，现在在台里到处说你坏话呢！听说她家境很好，表妹本事很大，我们可惹不起。"

同事们七嘴八舌的关心让夏彤彤实在是吃不消，等大家离开后，她独自出了院，脚步虚浮地回到家，赶紧洗了个热水澡，躺在床上休息。

夏彤彤捂着脑袋，太阳穴突突地跳起来。

她怎么总感觉自己好像忘记了什么……到底是什么事呢？

"丁零零……"

辗转反侧间，手机铃声大作，夏彤彤接起了电话。

"彤彤，你没事吧？"叶雨兮紧张的声音传了过来，"我联系不上你，都快要急死了，听说你进了医院，你现在还在吗？我马上过去看你！"

"我没事啦，现在已经在家了。医院检查过，说我完全没受伤，你不要担心。"

在电话那头，叶雨兮松了口气："那我就放心了……你知道吗？我看到新闻视频里，你险些被车撞到，我差点儿没被吓死！现在微博上很多人转发你的视频，称你为幸运女神呢！"

夏彤彤一阵无语："真幸运就不会遇到这种事了。"

两个闺蜜聊了一会儿，叶雨兮就让夏彤彤好好休息，挂断了电话。

夏彤彤好奇地打开手机，微博上果然有那段自己正在做采访的新闻视频。画面中，在被车撞到的瞬间，她的身体高高飞起，摔在了路边。

她的心头浮现出一股异样的感觉，却说不出是哪里不对。她困倦到了极点，只好把这件事抛到脑后，进入了沉沉的梦乡。

夜色弥漫，冰蓝色的暮气中，彗星市的中心，一座花园别墅里亮起了灯。

一个穿着米色风衣的青年坐在法兰绒沙发上，正是先前从汽车下救了夏彤彤的青年苏墨。

苏墨挥动了一下手指，胸口的水滴印记微微发亮，一滴与他眼眸同色的水滴渐渐在空气中凝结成型，幻化成一个巨大的发光圆圈，像是一面水镜。

"夏彤彤。"

苏墨轻轻念出这三个字，那发光的水镜里渐渐地凝出一幅画面——

画面中，一个女孩在熟睡，白色的蕾丝被罩盖在她的胸前，露出她修长的脖子和精致的锁骨，乌黑的秀发如海藻一样遮住了她的半边面容，长长的睫毛不安地颤抖，玫瑰色的唇紧紧咬着，肌肤晶莹如玉。暖黄色灯光下，她像个沉睡中的洋娃娃般。

"你还真能惹祸……"

这面"水镜"是乌邦国最顶级的科学家研制而出的微型空间装置，不仅拥有卫星监控的功能，还能打开空间虫洞，是送他来到这里的重要仪器。美中不足的是，这个装置需要足够的能量才能发挥最大作用，他刚来到这个世界，本已经耗费了大半能量，没想到夏彤彤差点儿出车祸，迫于无奈，他只能出手救她。但这样一来，他没办法在短期内打开空间虫洞，将夏彤彤带回乌邦国了。

看来在等待能量恢复的时间，他还得要继续暗中保护夏彤彤，免得车祸这样的事再次发生。

"算你运气好。"苏墨无奈地轻叹一声。

夏彤彤这一觉睡得不太安稳，她总觉得有人在暗中监视着自己一般。

"你死里逃生，就别疑神疑鬼了！"

一大早，叶雨兮就拎着一大袋零食过来了，她撸起袖子，跟夏彤彤一起打扫卫生："多吃点儿好吃的，快点儿养好，我就觉得你这几天肯定不敢再出门了，所以买了好吃的来看你！"

叶雨兮太贴心了，夏彤彤觉得自己上辈子肯定是拯救了地球，才遇到这么好的朋友！

"雨兮，谢谢你！"夏彤彤一个熊抱，用力搂住雨兮。

"你可千万别煽情啊，我受不了。"叶雨兮摸了摸夏彤彤的头发，"你去歇着吃东西吧，你这次说不定能一炮而红，幸运女神。"

"去去去……这种'女神'称号我宁可不要。"

夏彤彤坐到沙发上，拿起一个鸡腿啃了起来，心里像是打翻了五味瓶……她希望用努力和实力来打动别人，而不是因为什么事件成为"网红"。

再说她还在实习阶段，同事们以后会不会戴上有色眼镜看她呢？因为这种事闹得沸沸扬扬，领导们会不会觉得不方便？

事实证明，夏彤彤的想法太悲观了，因为这一次的"幸运事件"她的人气上涨，回到电视台上班后，她不但没有受到上司的责难，反而接到了好几个制作人的慰问，纷纷邀请她参与自己的节目。

"这……我的能力还很不够，请容许我考虑一下吧！"

夏彤彤从没遇到过这种事，特意找王心监制请教了一番，王心帮她筛选了一下，最终选了一个叫作《奇闻X档案》的综艺节目，让她去做特约嘉宾。

《奇闻X档案》是彗星市电视台的热门节目之一，专门深度挖掘探险考古、怪异民俗等一些新鲜事，还会定期邀请一些微博和网络上的红人来做嘉宾，有趣搞笑的同时还能普及科学知识，深受年轻人的喜欢。

这还是夏彤彤作为嘉宾第一次参与这么正式的节目，当白色的聚光灯照在她头上时，她紧张得手心都出了汗，还好主持人风趣幽默，让她很快放松下来。夏彤彤将自己车祸的事当作段子讲了一遍，但略过了那

怪异的一段,只说自己被车撞,然后就失去了知觉。

这期节目收视率不错,夏彤彤的人气又上一层楼,她出门买东西偶尔会被人认出来要签名,这让她多了很多新鲜的感觉。

"彤彤,当红的滋味不错吧?"叶雨兮真心为好友开心。

"哪有,我还是在实习期,低调一点儿总没错。"夏彤彤抱着一包薯片,边吃边看着自己的节目回放。

虽然人气大涨,但她并不觉得有什么好骄傲的,而王心监制也没有因为人气的原因优待过她。

夏彤彤相信没有努力就没有收获,干起活来也更加卖力。渐渐地,她的工作步入正轨,星期五临近下班时,夏彤彤忽然接到副台长陈御剑的通知,让她去办公室一趟。

她疑惑地看着消息:"副台长找我会有什么事呢?"

陈御剑坐在办公桌后,看到夏彤彤进来立刻起身:"小夏来啦,快坐快坐!"说着,他还"纡尊降贵"地给她倒了杯水。

夏彤彤忐忑地接过杯子,放在茶几上:"谢谢副台长,您找我有什么事吗?"

陈御剑重新坐下,用一种慈爱的目光打量着她:"小夏,我看你最近表现不错,台里好几个制作人都跟我提过你的名字。你是我亲自破格录取的新人,见到你这么有出息,我也很开心。"

夏彤彤忍不住小小开心了一下,紧张的心情也稍微缓解:"我一定继续努力!"

"不过,"陈御剑话锋一转,"光有努力也是不行的哦!你想要在主持这条路上走得更顺,那还是需要更多的资源和更多的出镜率,你说对吗?"说着,他对夏彤彤挑了挑眉毛,意有所指地朝着她摊开手掌。

没想到副台长人这么好!

夏彤彤在心里感动了一把,激动地站起来握住陈御剑的手:"副台长您人真好……我不会忘记您的恩情的!"

陈御剑的嘴角抽搐了两下，他用力抽出自己的手："你这小姑娘……我就直说吧！我做的这一切，你要用什么来回报我呢？"

"用我的努力！"夏彤彤认真地说。

"笨蛋！"陈御剑脸上的笑容都僵住了，他不死心地继续"提醒"，"你知道陆镜蓝为什么这两年发展得这么好吗？"

夏彤彤使劲摇摇头，做出洗耳恭听的样子。

"那可是她家里花了不少钱，才换来了那么多的出镜率。"

夏彤彤立马明白过来，原来陈御剑是想要钱……她的心底顿时一阵失落。

原来副台长是这样的人吗？可是她一个孤儿，哪有钱给他？

"可是我没有钱啊……"夏彤彤如实交代。

"没有钱？"陈御剑露出吃惊的神色，"可你的简历上明明写着，你是夏氏珠宝集团的千金。"

"什么？"夏彤彤一头雾水。

只见陈御剑拿出她的简历，家庭那一栏居然真的写着夏氏珠宝集团几个字。

这是什么情况？她没写过啊。

"陈副台长，我……我也不知道是怎么回事……可能是电脑系统出了故障吧。我跟这个珠宝集团一毛钱的关系都没有，不瞒您说，我是一个孤儿。"夏彤彤耿直地回答。

陈御剑差点儿一口老血喷出来："什么？"

他刚刚还带着笑容的脸上立刻换上冷漠的表情，暴躁地站起身来："那你说怎么办？我为了录用你，可是打点了不少。"

"您放心，我一定会用努力工作来报答您的！"夏彤彤认真地说。

虽然她没有显赫的背景，也没有钱，可是她有做到最好的决心！

"努力？呵呵……"陈御剑仿佛听到了这个世界上最好笑的笑话，"努力值几个钱？努力的人那么多，成功的有几个？"

"请您相信我,只要努力,就一定可以成功的!"

"你太天真了!"陈御剑不想再听下去,他不耐烦地挥了挥手,"好了,你可以出去了!"

夏彤彤还想再说点儿什么,但看到陈御剑下了逐客令,她只能退出去关上了门。

原来是她太天真,以为自己能进电视台是靠努力,没想到原来是一个乌龙事件!

虽然早早体会过生活的艰难与不易,但是面对这样的现实打击,夏彤彤还是感到一股无能为力的悲伤在心底渐渐地蔓延开来,她忽然觉得,以后的路不知道该如何走下去了……

夏彤彤离开后，陈御剑愤恨地看着手边的录用合同……居然会有这种乌龙，搞了半天，夏彤彤原来是一个穷光蛋？

可是她来面试那天，他明明见她是坐着豪车来的……

既然夏彤彤不能为他带来利益，他打算找个借口解雇夏彤彤。他气呼呼地正要撕掉夏彤彤的实习合同时，突然"砰"的一声巨响，办公桌上的鱼缸毫无征兆地爆裂开来，飞溅的玻璃碎片划破了他的手。

"该死！"

陈御剑看着流血的手指咒骂了一句，转身出去找创可贴处理伤口。等他包扎好伤口回到办公室，却看到自己的办公桌后坐着一个青年——他有着亚麻色的短发，凌厉俊美的五官，一双蓝紫色的眼睛里透出锐利的光，让人望而生畏。

"你是谁？"

陈御剑不由得心里发毛……电视台的安保系统向来很不错，按道理陌生人是不可能被放进来的。

青年缓缓站起身来，寒星般的眸子盯着他看了几秒钟。

陈御剑害怕地后退了几步，色厉内荏地威胁道："你……你到底是谁？我要报警了！"

说着，他就要去拿桌上的电话，手伸到一半，忽然感觉到一股无形的压力逼迫而来，他的手无法动弹了。

青年开口了，嗓音低沉，带着一丝魅惑的喑哑："我叫苏墨，是你新聘请的科学顾问。"

陈御剑大声呵斥："胡说！我们电视台从没有请过……"

他话还没说完，青年朝他抬起手，胸口发出一阵奇异的蓝光。陈御剑被眼前的这一幕惊呆了，紧接着，青年的指尖凝出一滴紫色的水珠，手轻巧地一挥，他的嘴巴不受自己控制地张开，吞下了那滴水珠。

"你……你对我做了什么……"陈御剑惊恐地捂住喉咙，脸上的表

情慢慢呆滞了下来。

一分钟后,陈御剑像变了一个人,对苏墨的态度有了一百八十度的大转变。他姿态谦卑,飞快地写好一份聘请合同。彗星市电视台最近准备做一档名为《谁是大侦探》的解密节目,缺一个科学顾问,他原本想请彗星大学的知名教授,现在正好可以让苏墨担任。

"很好,另外,你以后不许为难夏彤彤。"

苏墨拿过聘请合同,俊美的脸上露出一抹似有似无的笑……从今天开始,他就能顺理成章地接近夏彤彤,最大限度地保护这个"猎物"了。

第二天,夏彤彤战战兢兢地来到电视台,唯恐收到解聘通知,然而她刚一来,就被王心监制支使得团团转,工作一如往常。

午休时间,大家都在聊着八卦,夏彤彤也跟着听——

"哎,你们听说了吗?综艺组重点打造了一档节目,正在筛选主持人呢!"

"我知道!就是那个真人秀《谁是大侦探》,最近网上传得沸沸扬扬,人气很高啊!"

"听说这个节目的设定是,主持人是负责破案的侦探,每一期都能和明星搭档,联手破案,应该很有意思吧……"

听着听着,夏彤彤就走了神,她脑子里全是前一天的事情,副台长误会她是珠宝集团千金,现在得知真相,没能从她身上得到好处,不知道之后会不会找借口把自己赶走……

"夏彤彤?夏彤彤!"

忽然,助理小陈在夏彤彤的耳边大吼一声,吓得她站了起来:"我在!"

"你在想什么啊?叫了你半天都没答应……"小陈有些不满,"王心监制叫你去办公室,有很重要的事。"

"啊?"夏彤彤吓得一哆嗦,"现在吗?"

难道是副台长要解雇自己了？所以让王心监制出面，将她扫地出门？

这样一想，夏彤彤觉得整个人都不好了，她怀着忐忑不安的心情敲开了王心办公室的门。

五分钟后。

"什么？您说……让我担任《谁是大侦探》的主持人？"夏彤彤无法置信地张大了嘴巴。

这……这就是传说中的大喜大悲吗？她想了无数个自己被开除的悲惨场景，就是没想到会有这样好的机会落在自己身上！

"是的，通告很快会发下去，宣传方面也会开始准备。"王心朝她露出一抹微笑，"夏彤彤，你愿意担任这档节目的主持人吗？"

"我愿意！当然愿意！"夏彤彤激动极了，但还是有一些不解，"可是，为什么会是我……"

"因为你身上有一种我很欣赏的气质。"王心将资料递给夏彤彤，"虽然比起专业资深主持，你还差得很远，但是你让我看到了潜力和进步。"

夏彤彤离开办公室后，觉得自己踩在了棉花里，轻飘飘的，有种做梦的感觉……

王心监制居然这么信任自己！自己一定要加倍努力，绝不辜负她的这份信任！

第三章

你眼中绽放的世界

彗星市电视台的重磅综艺节目《谁是大侦探》的主持人居然是入行没多久的实习生夏彤彤!

这个消息一传开,整个电视台都炸开了锅,铺天盖地的流言蜚语传得到处都是,关于夏彤彤的背景的猜测衍生了无数个版本。

一大早,夏彤彤来到电视台,和往常一样去茶水间冲杯咖啡喝,刚走到门口,就听到同事们都在讨论《谁是大侦探》。

"你们有没有听说,《谁是大侦探》请了一个科学顾问?据说是彗星大学的教授,年纪尚轻长得又帅!"

"啊,我前天见到过他!长得比明星还帅,咱们陈副台长对他可客气了,他的眼睛是蓝紫色的,可能是混血吧!"

夏彤彤在茶水间门口停住了,大家正在讨论的是她即将主持的节目……她现在进去会不会不太好啊?

这时,一个女生羡慕地叹了口气——

"唉,好羡慕夏彤彤啊,才来台里没几天就可以主持重要节目,而且还能天天见帅哥和明星。"

一个凌厉的女声接过了话题:"有什么好羡慕的?要怪就怪我们没有那么厉害的背景吧!"

这个声音夏彤彤十分熟悉,正是属于一向看不惯自己的陆镜蓝。

陆镜蓝话里明嘲暗讽:"原本陈副台长可是说过,《谁是大侦探》节目的候选主持人是我呢!没想到最后被夏彤彤抢走了。哼,一个走后门进来的实习生,能得到这次机会,也不知道她在背后送了多少礼,给了多少钱。"

陆镜蓝的话犹如一颗原子弹,瞬间引爆了茶水间的气氛,大家顿时议论纷纷:

"真的吗?夏彤彤竟然是走后门进来的?"

"她家很有钱吗?王心监制的节目,应该不能花钱买吧?"

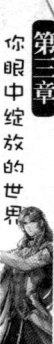

"谁知道呢？王心监制也不是圣人好吧。"

陆镜蓝居然在背后莫须有地诋毁她！

夏彤彤气愤地握紧了拳头，忍不住推开门："陆镜蓝，你如果真的有那么多疑问，为什么不来直接问我？"

刹那间，茶水间里的人如按了暂停键一般看着夏彤彤，站在人群最中心的陆镜蓝一袭紧身连衣裙，勾勒出她姣好的身材。

"我的学历，身世都可以直接查到的！签下的实习合同里也没有任何特殊待遇，这次《谁是大侦探》的主持人是王心监制亲自挑选的！绝对不存在黑幕！陆镜蓝，拜托你以后说话请拿出证据来！"

夏彤彤激动得脸通红，有人唯唯诺诺地回应了一句。

"对不起……彤彤，我们只是随便聊聊。"

陆镜蓝妆容精致的脸上掠过一丝难堪，她理直气壮地对夏彤彤说："我当你面质疑怎么了？你说说看，在电视台里哪一位主持人不比你的资历深，为什么大家都不能得到这么好的机会？"

"你……"

夏彤彤猛地顿住了，她想反驳，却一时半会儿找不到有力的论据证明自己。一时间，茶水间的气氛剑拔弩张，陆镜蓝的眼睛里闪烁着轻蔑的光。夏彤彤忽然明白了……陆镜蓝压根就看不起自己，或者说，自视甚高的她看不起这里的任何一个人。

"你们电视台的人，都不用工作的吗？"一个低沉而富有磁性的男声打破了沉寂。

夏彤彤转过头，发现一个高大的青年站在自己的身后。

青年一米八几的个子，一张俊美英气的脸不输给任何当红男星，他的剑眉微蹙，亚麻色短发和蓝紫色的眼瞳带着异域风情。他的表情冷冷的，有着一股说不出的清冷高傲。

夏彤彤张大了嘴巴，她立马认出了他。

"啊！苏墨！"人群中，有人惊呼起来。背后说八卦，结果八卦男

女主角全都出现,大家的脸上都有点儿尴尬。

"你们讨论的话题我也都听到了,要是对女主持的人选有疑问,麻烦你去找副台长。"苏墨冷冷地看着陆镜蓝,"抱歉,现在我要借用夏彤彤小姐一下,聊工作的事。"说完,他没给众人反应的机会,就拽着夏彤彤离开了。

夏彤彤跟着苏墨来到会议室,原本她以为他带走自己,是在为自己打抱不平,结果坐下之后,苏墨真的跟她聊起工作上的事情。两个人敲定了一些《谁是大侦探》节目的细节。

讨论完工作之后,夏彤彤感激地道谢:"谢谢你今天帮了我。"

没想到苏墨面无表情,看都没有看她一眼,转身就离开了。

"请等一下!"夏彤彤鼓起勇气叫住他,"那个……你还记得我们之前见过吗?"

苏墨蹙眉看她一眼,冷冷地说:"这种搭讪方式会不会太老套了?抱歉,除了工作,我暂时还没有别的想法。"

夏彤彤的笑容顿时石化在脸上,她错愕地瞪大眼睛……苏墨以为她在故意搭讪他吗?

她一阵尴尬,想要解释什么,但是看着苏墨那冷漠如冰的眼神,所有的话都说不出口了。

"对不起,我可能认错人了。"

最后,夏彤彤只得低着头离开,却不知道在她背后,一双蓝紫色的眼眸正紧紧锁定着她。

接下来几天,夏彤彤和苏墨相处时总感到有些不自在,那天在茶水间因为苏墨强势的态度,大家都纷纷猜测他有神秘的背景,陆镜蓝因此也不太敢针对夏彤彤了。

《谁是大侦探》终于开始正式拍摄宣传照了,苏墨虽然毒舌,但长相帅气迷人,加上身上那股清冷的气势很吸引人,很快就在网络上拥有了一批粉丝,因此王心决定让他和夏彤彤一起拍摄几组照片。

第一期节目的主题是"自然与森林",摄影棚被布景成了一片雾气环绕的幽然森林,夏彤彤的墨色长发披散在身后,带着古典唯美的气息,她头上戴着精美的金色藤蔓发带,身着纯白连衣裙轻盈曼妙,让她看上去仿佛是一只迷雾中的精灵;而苏墨颀长优美的身躯包裹在黑色风衣中,他慵懒地倚靠在树下,蓝紫色的眸子闪烁着迷幻的光。

少女娇俏清纯,微微仰起头,看着对面清冷高傲的青年,宛若一对璧人。

夏彤彤屏住呼吸,只觉得苏墨那双蓝紫色的眼眸像扫描仪一样,在自己身上来回扫视。她的心"扑通扑通"乱跳起来,脸也不由得变得绯红。

虽然摄影师要求他们对视,但和苏墨靠得这么近,夏彤彤实在很难让自己专心啊!

苏墨细细地打量着面前的夏彤彤,观察了她一段时间,他发现她就是一个平凡到了极点的女生……到现在,他也不明白为什么一个这样的女生,会是拯救乌邦国的关键。

不过,她的眼睛非常明亮,像一泓清澈的潭水,让人忍不住沉醉其中……

突然,苏墨发现夏彤彤的眼睛变了……他忍不住向她跨近几步,她的眼眸迸发出无与伦比的光彩,随着光彩消散,她的瞳仁里映出一幅奇异的画面——一片粉红色的天空下,有人在奔跑,有人在哭泣,形状诡异的黑烟正在慢慢吞噬着这个世界……

等等!这些景象……

苏墨错愕地看着夏彤彤,她果然与乌邦国有关!

"咔嚓!咔嚓!"

一阵快门声响起,刺眼的闪光灯照得夏彤彤闭了一瞬眼睛,再睁开时,她眼睛中神奇的画面消散得一干二净,苏墨不死心地继续盯着夏彤彤的眼睛,可那画面再也没有出现过。

"你!"苏墨愤怒地看向偷拍的摄影师。

对方心虚地道歉:"对不起,我觉得刚才的画面很美好,所以忍不住按了快门……"

"呼……"

苏墨深吸一口气,他一想到乌邦国生活在水深火热中的人们就控制不住自己的情绪,站在一旁的夏彤彤见苏墨转身要离开,连忙伸手拉住他的衣袖。

"苏墨,还没拍完呢……"

"别碰我!"苏墨一下子反剪住夏彤彤的手,她立马痛得叫了一声:"啊!"

苏墨愣了愣赶紧放开她,蓝紫色的眼睛里掠过一瞬的不知所措。

"以后没有经过我同意,不要随便碰我。"他冷声道。

看着苏墨离去的冷漠背影,夏彤彤内心有一万头羊驼呼啸而过。

看苏墨这个态度,他们以后要怎么合作啊!

红艳艳的太阳落下了地平线,将半边天空染成了玫瑰色,月亮已经从东边的天空升起,挂在树梢宛若一颗柔润的珍珠。电视台外面的广场上,下班的行人步履匆匆,纷纷赶着回家。

好不容易结束了一天的工作,夏彤彤揉着还在隐隐作痛的手臂,发信息给叶雨兮诉苦,顺便约她一起去吃饭,安慰自己受伤的小心灵,叶雨兮一口答应了下来。

"雨兮！"走出电视台，夏彤彤第一眼就看到了等在外面的叶雨兮，开心地跑过去打招呼。

叶雨兮穿着蓝色小洋装，扎着可爱的丸子头，在行人中格外惹人注意。她两眼发光地看着夏彤彤的身后，无视了夏彤彤的热情。

夏彤彤回过头一看，眉毛瞬间打成了结……走在她身后的，正是苏墨。

"这不是'雨中男神'吗？原来他是电视台的工作人员啊！我要去要个签名！"

"别花痴了。"夏彤彤敲了一下叶雨兮的头，"他是节目顾问，人超级冷漠，也很讨厌和别人交流。"

说话的间隙，苏墨冷冷地瞥了夏彤彤一眼，径直从两个女生身边路过，夏彤彤顿时被苏墨那寒冰似的目光冻得一哆嗦。

"哇！好酷啊！"

"酷什么酷啊？我们快走吧，请你去漫猫咖啡馆吃甜品！"

"真的吗？太好啦！"

漫猫咖啡馆是位于大学城旁边的一家网红甜品店，深受萌宠迷和咖啡爱好者的喜欢——这是一栋西洋风小城堡的建筑，外墙壁涂着粉蓝色水彩画，形态各异的猫咪在墙上肆意卖萌。里面的装修风格也如城堡一样，造型独特的公主沙发，铺着洁白餐布的木头桌子，水晶流苏造型的壁灯，粉色蕾丝的窗帘，隔着窗帘，窗外的草地若隐若现……

叶雨兮和夏彤彤在门外就被吸引了，夏彤彤忍不住拿出手机一通拍，两个人走进店内，最先迎接她们的是一只漂亮的蓝猫，眼睛像宝石一样璀璨。

"哇，好可爱。"叶雨兮少女心泛滥，将猫咪抱了起来。

"欢迎光临……夏彤彤，叶雨兮，是你们啊！"一个慵懒的男声响起，上扬的尾音里满是惊喜。

夏彤彤一脸惊讶地看着面前的男生，乌黑的头发梳得很是整齐，浓

密的眉毛下一双桃花眼泛着水样光泽，他嘴角上翘，身着白衬衫牛仔裤，围着一件粉蓝色格子的花围裙。

"江潮？"夏彤彤上下打量着江潮，"你……你这是……"

"哈哈，这家咖啡馆是我开的，没想到今天居然能碰到你们两个！"江潮的眼里闪着惊喜的光芒，连续偶遇三次，真是一段神奇的缘分，"这个点，咖啡馆正好没什么客人，我去关上店门，今天让你们享受一下包场的土豪感觉。"

"哈哈，那多谢喽！"夏彤彤笑起来。

"这家店真的好棒！"叶雨兮抱着猫咪到处参观，看到吧台后面摆放着的一张旧照片，不由得惊呼，"哇！照片里的小男孩是你吗？"

照片里的小男孩七八岁，靠在一棵老槐树下面，穿着白背心、黑色短裤，英气的脸上一双桃花眼格外醒目，他背后的门牌上写着：槐树巷57号。

江潮关好门，走过来问："对啊，怎么了？"

叶雨兮感叹："我以前也住槐树巷啊，就在56号！难怪我第一眼就觉得你很眼熟。"

"真的吗？那我们简直太有缘分了！"江潮笑嘻嘻地说，"世界这么大都能再次遇到，那真是天意啊！"

"我记得你爸爸是物理教授吧，你怎么一点儿都没有遗传叔叔的基因，而是开起了咖啡馆？"叶雨兮打趣道。

江潮不好意思地摸摸头："我没那个细胞，不爱钻研学术问题。我老爸不管怎么逼我，我还是更喜欢自由的生活，养养猫，开一些自己感兴趣的店……"

"我觉得这样很好啊！过自己喜欢的生活很酷啊！"夏彤彤那双如湖水般清澈的眼眸里带着钦佩，"不管别人说什么，选择自己想要的生活，然后为之努力，这才是真正的人生……江潮，你很了不起！"

"是吗……"江潮第一次被人这么真心实意地夸赞，心里不由得甜滋滋的。

"当然！加油哦！"夏彤彤握拳为江潮打气。

没错，她也要像江潮一样，不管别人怎么泼冷水，一定要将当主持人的梦想坚持到底！

不管遭受多少打击与挫折，她也要像杂草一样，顽强地生长。

夏彤彤两个人点餐没多久，江潮就做好了热腾腾的咖喱饭，端上了桌。想到最近的不顺，夏彤彤就化悲愤为食欲，大快朵颐起来。看着她"凶猛"的吃相，江潮忍不住笑了："你真是和外表不一样，看上去很文弱，没想到却很有个性，也很有思想。"

"当然啦！我家彤彤是最棒的！"叶雨兮炫耀地摸摸夏彤彤的头发，一脸骄傲。

夏彤彤被夸得不好意思了："好啦，你们两个，都快吃饭！"

饭后，江潮执意要送她们回家，叶雨兮表示自己非常喜欢猫咪，想要再多留一会儿，就提议让江潮先送夏彤彤回家。没等夏彤彤拒绝，叶雨兮不由分说，将他们两个一起推出了店门。

"哈哈……真霸道！"

江潮笑容灿烂地看着夏彤彤，而夏彤彤只顾着瞪玻璃门内的叶雨兮。最终，夏彤彤不好意思拒绝江潮好意，只好跟着他去车库取车，少了叶雨兮这个小喇叭，两个人之间的气氛变得有些尴尬。一路上，江潮绞尽脑汁地想了好几个话题，可夏彤彤忧心第二天工作与苏墨如何相处，一直心不在焉的。

来到车前，江潮刚替夏彤彤拉开车门，一道激动的声音就从两个人身后响了起来。

"哇，你是夏彤彤吧？"一个小男生认出了夏彤彤，开心地从书包里拿出本子和笔，"本人比电视上还漂亮呢！可以给我签个名吗？"

"我……我吗？当然可以啊！"夏彤彤受宠若惊，接过来"唰唰"几下签下了自己的名字。

　　小男生蹦蹦跳跳地离开了,不远处等待着他的父母也一脸好奇,夏彤彤坐上了车。等车都开出好远了,脸上还抑制不住地绽放出笑容。

　　"当明星的感觉还不错吧?"江潮打趣道,"是不是很开心?"

　　夏彤彤兴奋地点点头:"嗯嗯,很开心!但不是因为当明星,而是因为大家开始认识我了!"

　　"你以后会被更多人知道的。"江潮很认真地看着她。

　　"承你吉言啦!"夏彤彤打开车窗,让微凉的夜风吹拂进来,夜晚的路灯发出朦朦胧胧的光,照亮了前方的道路,她忍不住微笑起来。

　　江潮一边开着车,一边偷看夏彤彤的笑靥,元气满满仿佛能洗涤心灵的疲倦,让他也受到感染,不由自主地开心起来。

　　一段紧张又忙碌的时期过后,《谁是大侦探》的官方宣传终于结束,准备工作也步入正轨,接下来只等剧本策划完善,便可以正式录制了。可是夏彤彤顺心的日子没过几天,就有一个新的麻烦找上门来——原来,陆镜蓝的美容换装节目《女主角的新衣》缺一个助理,她亲自选定了夏彤彤来担任。

　　"做陆镜蓝的助理?可……她好像不喜欢我。"夏彤彤为难地看着王心监制。

　　王心轻笑一声,摇摇头:"拥有了人气和机会,有人羡慕不是很正常吗?在她的节目里你能学到很多,不能因为害怕困难就不去做啊。"

　　"我明白了。"夏彤彤点点头,在心里给自己打气,王心监制说得对,她不能因为怕麻烦而逃避工作!

　　接下来,她都在忙着研究《女主角的新衣》这个节目——这是一档以设计女性服饰为主题的时尚综艺节目,每一期都会请几位著名的服装设计师,以及几位女明星,让他们自由组队,根据主题来设计衣服,由女明星展示比赛,观众投票人气最高的那一位成为当晚"女主角",获得全场的掌声和荣耀。

为了节目效果，夏彤彤一遍又一遍地检查着陆镜蓝的主持台词，准备了一个又一个新颖搞笑的小段子，为陆镜蓝赢得了不少好感，节目收视率也节节攀升。但陆镜蓝总是不满意夏彤彤，不但话里有话地针对她，还经常利用职务之便让她加班到深夜。

　　"夏彤彤，明天的台本我看过了，我的台词是不是太少了啊？"下班时间，陆镜蓝又来找夏彤彤，她把台本放到办公桌上，"你给我加一点儿词，然后准备一下明天用的道具，我有点儿事要先走了。"

　　"好的。"

　　夏彤彤看看墙壁上的挂钟……又要改台词又要准备道具，这下子又要忙到半夜了！

　　这几天每天加班，她睡眠不足都要困死了……这样下去，到底什么时候是个头啊？

走出电视台大楼,夜晚清凉的风吹走了炎热的暑气,夏彤彤揉揉困倦的眼睛,想让自己清醒一些,就顺着电视台的大马路逛了起来。

白天这里很热闹,晚上倒是难得清静,空气中飘浮着淡淡的花香,让人心情舒畅。

走了几步,夏彤彤忽然有种不好的预感,这条路上太安静了,以至于细微的动静都听得清清楚楚……她才发现自己身后不知道何时多了几个脚步声,脚步声不紧不慢地跟着她,不禁令人汗毛倒竖。

此刻这条路没有行人也没有车,一时之间,夏彤彤心中后悔极了……她怎么能疏忽大意到大半夜一个人在路上走呢?

好几分钟都没有一个人经过,夏彤彤紧张得手心都出了汗,背后的脚步声如影随形,她也不敢回头去看,只好越走越快,一边急忙从口袋里掏出手机,时刻准备报警。

"站住!"见夏彤彤突然加快步伐,一个粗犷的男声响了起来。

夏彤彤浑身一个激灵,加速狂奔起来,她立马拿手机拨打起"110",一颗心提到了嗓子眼:"快点儿通啊!"

"把手机给我!"夏彤彤身后冷不丁地伸出一只手,夺走了她的手机,而另一只手则用力抓住了夏彤彤的胳膊。

夏彤彤抬眼一看,是一个五大三粗的男人。

"救命啊!"她死命地挣扎,想要摆脱男人。

这时,另一个瘦高的男人也追了过来,两个人一左一右地控制住她。

"你们想干吗?我身上没有带钱!"夏彤彤颤抖着说,抓着她的两个男人都戴着面具,看不到脸。

"老实点儿,我们就是来抓你的。"瘦高男人恶狠狠地威胁。

夏彤彤心里一沉,她用力蹬了他一脚,拼命尖叫起来:"救命!救命啊!"

"别喊了!"瘦高男人顾不得脚疼,连忙捂住夏彤彤的嘴,"车呢?

快开过来!"

还有车?

夏彤彤惊恐地挣扎着,空无一人的街角很快开来一辆黑色轿车,停在他们身边。

"不!我不上去!"

夏彤彤的手指死命地抓着轿车门,看过这么多社会新闻,她实在无法想象自己要被带去哪里,求生欲让她的力气大了起来,她的身体蹭着地面,无论如何也不肯放弃抵抗。

"力气还挺大!"

绑匪没有多少耐心,一人一边,扭着夏彤彤的胳膊和腿,将她塞进轿车后座,然后用胶带封上了她的嘴巴。

完了!

泪水模糊了视线,夏彤彤心中充满恐惧和绝望,这时,刚开出几百米的轿车突然发出"嘎吱"的刺耳响声——轮胎爆了。

"什么情况?这个时候突然爆胎?"

坐在驾驶座的绑匪骂了一句,停下车去查看,夏彤彤心里又燃起了一丝希望,被胶带封住的嘴呜呜叫着。

"什么人?"

车外的绑匪忽然发出一声惊叫,前方传来玻璃破碎的声音。

昏暗的车内,夏彤彤只看到一个穿着长风衣的黑影站在轿车的车头前。坐在她身边,掣肘住她的瘦高男人喊道:"你是什么人?"

黑影没有回话,只是抬手一挥,从他手中瞬间飞出一串串速度极快的冰晶状的细线,"砰砰"几声,轿车的挡风玻璃顷刻破碎,还没等瘦高男人反应过来,就"啊"地发出一声惨叫,昏死了过去。

他是什么人?是好是坏?是来救她的吗?还是也要对她下手……

随着黑影越走越近,夏彤彤心脏狂跳起来。黑影打开车门,倾下身,一伸手将她打横抱出了车外。昏黄的路灯下,夏彤彤终于看清楚了黑影

的脸,那是一张帅气逼人的脸,虽然表情冷漠得不近人情,可此刻她却倍感亲切。

竟然是苏墨!他是专程来救她的吗?

夏彤彤泪眼蒙眬地看着苏墨,伴随着怦怦的心跳声,她的意识陷入了黑暗中。

醒来时,夏彤彤发现四周是雪白的墙壁,空气中充斥着消毒药水的味道,她在医院。她眨了眨眼睛,混沌的思绪渐渐清醒过来——

"啊!"

夏彤彤尖叫一声坐起来,一位女护士闻声,连忙跑进了病房:"你怎么了?是哪里不舒服吗?"

"有人……"夏彤彤脸色苍白地抓住女护士的手,"有坏人要抓我!"

"别怕别怕!"护士连忙安慰,"放心吧,这里是市立医院,你已经安全了。"

真的,她安全了?太好了……夏彤彤高悬的心终于落地,她长长地呼了一口气。

护士安慰道:"幸好你有个这么帅、这么体贴的男朋友!"

"男朋友?"夏彤彤一脸茫然。

"是啊!他对你很好哦,害怕你身体出问题,给你做了全面的检查,连专项的基因检测都做了。他真的很关心你啊!"

正说着,苏墨推门进来了,护士见状,很有眼力见儿地离开了病房。夏彤彤眼泛泪光,双眸通红地望着苏墨,满心感激……这次如果不是苏墨及时赶到,她还不知道会面临什么事情。

苏墨依旧是那副冷漠的面孔,那双漂亮的紫蓝色眼眸里仿佛落满了星辰,映出夏彤彤纤瘦的身影,两个人就这样一动不动地对视着。不知过了多久,夏彤彤不好意思先开口打破这微妙的沉默,她的脸颊渐渐染上了可疑的红晕。

第三章 你眼中绽放的世界

"夏小姐的检查报告出来了。"一位女医生推门进来，没有注意到暧昧的氛围，看到苏墨，直接将报告单递给苏墨。

苏墨接过报告单，蹙起了乌黑的眉头："一切正常？为什么？"

医生不解地问："正常不该是好事吗？"

苏墨没有回话，医生离开后，他拿着报告单发起呆来。夏彤彤看着苏墨皱起的眉头，感觉他似乎有什么心事。

夏彤彤关心地问："你是不是为了救我受伤了，身体不舒服吗？"

"事情已经解决了，以后我会保护你的安危。"苏墨清冷的嗓音响起，所答非所问。

夏彤彤吃惊地看着苏墨，他突然说这样的话，让她感觉很困惑。

他要保护她？可是他们根本不熟啊……在此之前，他们甚至连关系友好都算不上。

她一直以为苏墨很讨厌她呢！

病房里的空气陷入了几秒钟的沉默，苏墨又开口道："这个给你，戴在手上。"

苏墨从怀中掏出一只手镯递给夏彤彤，这是一个设计简单的银色手镯，只有两头雕刻着精巧的花纹。

夏彤彤摸着冰凉的金属，不由得愣住了："这是给我的？"

"好好戴着，不许拿下来。"苏墨挑了挑修长的眉毛，"咔嗒"一下，亲手往夏彤彤的手腕上戴上手镯。

他没想到这个"普通少女"居然这么能招惹麻烦，他已经接二连三救她于危难了。为了防止再发生解救不及这种事情，他给夏彤彤戴上了特殊感应材质制成的手镯，只要夏彤彤戴着它，他就可以随时感应到夏彤彤所在的方位。

夏彤彤没有拒绝这个莫名的礼物，摸着手镯，她感到一股难言的心安。

"没什么事，我先走了。"苏墨冷淡地起身离开了。

依依不舍地目送着苏墨的身影离开后,夏彤彤打开手机,她犹豫了半天,决定还是不要告诉叶雨兮她之前发生了什么吧,她不想让叶雨兮产生无谓的担心。

躺在病床上,夏彤彤忍不住胡思乱想起来……

苏墨到底是什么人?他看起来那么冷漠,却又很关心她,还送她礼物……苏墨令人捉摸不透的行为,就像一团剪不断理还乱的毛线球,让她心生烦恼。

第四章

神奇的古镜

夏彤彤被留院观察了一晚，见她身体无事，医生第二天便让她出院了。

早上照常去上班的夏彤彤一走进电视台，就察觉到电视台里的氛围怪怪的，平时嘻嘻哈哈的大家不再八卦聊天，而是彼此交换着难言的眼神，还有好几个人在看到她后纷纷躲开目光。夏彤彤一头雾水，不知道究竟发生了什么事。

"夏彤彤，陈副台长让我通知你去十五楼开会！"助理小陈一看到夏彤彤，就立刻跑过去拦住她。

"发生什么事了吗？"夏彤彤疑惑地问。

难道是节目出了什么事吗？为什么大家神情都那么严肃？

小陈皱着眉头，打量着夏彤彤："你是真不知道啊？"

"我昨天晚上遇到了一点儿意外……到底发生了什么啊？"

见夏彤彤真的不知情，小陈压低声音向她解释："《谁是大侦探》的节目策划被盗了！第一期的剧本已经在网络上流传开了……这可是台里今年重磅综艺节目之一，跟这个节目有关的人都被请去十五楼喝茶了。陈副台长特意交代我，让我等你来台里后告诉你，立刻去十五楼找他，你赶快去吧！"

"我这就上去。"夏彤彤急忙往电梯间跑去。

电梯不断往上升，她的一颗心却在不断下沉……

在这个节骨眼儿上竟然会出现剧本被盗的事情……天哪！这个星期五可就要录制第一期节目了！

她怎么这么倒霉，接二连三遇到这种事情，昨天深夜她还差点儿被人绑架了……

等等！

夏彤彤惊出一身冷汗："如果今天我不出现，岂不是就会被人当成做贼心虚了？"

第四章 神奇的古镜

可是,出现了又能怎么样?她昨天晚上是全组最晚走的,之后还去录影棚检查了道具。她眼下看起来是最有嫌疑的人!

苏墨冷淡的眸子忽然从夏彤彤脑海里闪过,对了,苏墨昨晚一直跟她待在一起,他可以帮她做证。这么想着,夏彤彤掏出手机,迅速给苏墨发了一条语音求助信息。

"叮!"

电梯门开了,苏墨还没有回信,夏彤彤已经站在了十五楼会议室的门口。

夏彤彤深吸一口气,鼓起勇气走了进去,空旷的会议室里坐着四五个领导……副台长陈御剑、王心监制都在,每个人的眼神都像刀子一样射在她的身上。

"我是夏彤彤,听说副台长您找我。"

"小夏,相信你应该已经听说剧本泄露的事了吧?"

陈御剑一本正经地看着夏彤彤,他身边坐着一个面色凝重的中年人,头发斑白,一双眼睛却如同鹰隼般——看来,这个人就是传说中神龙见首不见尾的台长了。

"是的……"

"根据监控录像显示,昨天你加班到很晚,还去了一趟没有人的制作部,关于这件事你解释一下吧。"

夏彤彤克制住内心的恐慌,极力保持着镇静:"我昨天晚上加班是在改写《女主角的新衣》节目的台词文案,去制作部是因为我要准备道具。"

"你有什么证据能证明自己的清白吗?因为你是全台走得最晚的人,我们现在不得不怀疑你,而且有同事匿名举报你,对方说你平时就小动作不断。"陈御剑为难地看着夏彤彤。

"我是无辜的!"夏彤彤激动地辩解道,"我是《谁是大侦探》的主持人,哪来的动机和理由去搞砸自己的节目?那个举报我的同事如果

敢站出来，我愿意当面与他对质！"

"既然是匿名，又怎么会愿意和你对质，你有别的证据可以证明自己的清白吗？"一直沉默的台长开口了，他看着夏彤彤的目光十分不悦。

别的证据……夏彤彤的脑海中浮现出一双宝石般的紫蓝色眼睛，她犹豫了几秒，刚要说出苏墨的名字，"嘎吱"一声，会议室的大门被推开了，一个高大颀长的身影走了进来。

"我可以证明，这件事跟夏彤彤无关。"苏墨剑眉微蹙，神情冷漠而严肃。

苏墨的到来让夏彤彤被动的情势迅速扭转，他不紧不慢地说明了前一天晚上夏彤彤遇险的事："那些绑匪很明显是冲着夏彤彤来的，显然是想制造事故嫁祸给她，我已经替她报了警。"

苏墨这么一说，夏彤彤也猛然察觉到了不对，她险被绑架的第二天就遇到节目策划被盗，这未免也太巧合了。

一瞬间，夏彤彤的手心全是冷汗……她到底得罪了谁？为了陷害她，那个人竟然如此不择手段！

得知夏彤彤的遭遇后，领导们的态度明显缓和了很多，陈御剑还关心地问了几句。

"好了，既然已经报警，我想追究责任的事就交给警察吧。"王心站起身来，"现在最重要的是《谁是大侦探》的补救方法，第一期节目定在星期五播出，但是已经泄露的剧本绝对不能再用了。"

王心的话让会议室里的气氛再一次凝重起来。

"让我试一试吧！"夏彤彤攥紧拳头，"现在星期二，距离星期五还有三天的时间……我保证在星期五之前一定完成《谁是大侦探》的拍摄！"

王心警了夏彤彤一眼："你确定？说出来的话可是要负责任的。"

"我……"夏彤彤深吸一口气，刻意忽略掉身旁的苏墨对自己投来意外的目光，"我确定！"

"那好。"王心思忖片刻,点头答应了下来,"我把节目交给你,如果星期五出了意外,夏彤彤,我要提醒你,到时候你必须承担后果,引咎辞职。"

辞……辞职?

夏彤彤的呼吸一滞,沉默一秒后,她坚定地点了点头:"好,我明白了!"

接下这个重任后,夏彤彤就回到自己的办公位上,将历年来的侦探类节目、刑侦类电影都粗略翻看了一遍,午饭也顾不上吃,一直到了晚上下班的时间,她依然毫无头绪。

"天啊!"夏彤彤郁闷地双手抓着长发,脑子里如同糨糊一般。

如果一直这样下去可怎么办啊?就算她为了承诺随便写个策划出来,如果播出后反响不好,她的梦想也照样跟着玩完!

手机"叮"地响了一声,夏彤彤拿起手机一看,是苏墨发来的关于策划的提议,她的心跳忽地加速起来。整个电视台都知道自己陷入危机,却只有苏墨一个人出手帮助自己。

他对她忽冷又忽热,前后的行为太矛盾了,她怎么也想不通。

在苏墨眼里,到底是怎么看她的呢?

苏墨那双总是很冷淡的紫蓝色眼眸浮现在她眼前,她的手情不自禁地抚上屏幕,就像在抚摸苏墨那张英俊的脸。

"哎呀,我在做什么啊?"

意识到自己在做什么以后,夏彤彤仿佛被烫到了手指一样,将手机扔到了一旁。

说实话,她不想接受苏墨的帮助。不知道为什么,她不想被他看扁,她想靠自己的力量解决难题,想在他的面前证明自己,证明自己可以成为那个跟他并肩站在一起的伙伴,而不是处处寻求他庇护的弱女孩。

"丁零零……"忽然间手机响了起来。

会是苏墨吗？夏彤彤犹豫了一秒，接起电话，手机里传来叶雨兮元气满满的声音。夏彤彤内心有些失落，她兴致不高地跟叶雨兮聊了一会儿，叶雨兮察觉到她情绪不对，追问下，夏彤彤只好如实交代了自己在电视台里的"悲惨遭遇"。

"灵感要出来找才有啊！这样吧，明天你请假一天，我们去缤纷游乐城转转。"

雨兮说的没错，她的大脑现在像大堵车一般，什么都想不出来，出去走一走说不定会有意外惊喜。这么想着，夏彤彤给王心打电话请了假。

第二天，夏彤彤起了个大早，随意套了一件卡通图案T恤，搭配牛仔裤，背上蓝色双肩包就出门了。天气很好，金灿灿的阳光照在柏油马路上反射出亮闪闪的光，路边的向日葵开得繁茂热烈，充满了生命的喜悦。

缤纷游乐城算是彗星市比较大的游乐园了，富有少女心的叶雨兮最爱去这里玩，这个游乐园的特别之处是建在购物中心的五楼，位于半空的宫殿大门绚烂多彩，让人有一种奇幻的感觉。隔着透明玻璃，可以看到空中花园种植着高达八米的热带植物，而幽蓝美丽的海洋生物在位于九楼的水族馆里游来游去。

夏彤彤来到缤纷游乐城的入口等着，门口上方旋转的灯光不时转到她的身上，忽明忽暗的光线衬托得她脸上的表情生动活泼，像精灵般可爱。

"嗨，夏彤彤。"

一个熟悉的男声从身后飘了过来，夏彤彤转过身。

"江潮？"

江潮穿着清爽的白色T恤，他的高个子及俊朗的面容让路过的女生频频侧目。

"久等了吧？雨兮说她临时有事，让我来陪你。"江潮笑容满面地递给夏彤彤一个冰淇淋甜筒。

第四章 神奇的古镜

"什么?"夏彤彤惊讶地瞪大了眼睛,"你们是联合骗我出来的?"

"我冤枉啊!"江潮笑眯眯地举起双手,做了一个投降的手势,"是雨兮说你工作不顺心,想约你出来玩,可她的工作室临时接到了订单,对方着急要成品,所以才拜托我代替她,带你来游乐城散心……你可别错怪她了。"

看着江潮那双好看的桃花眼弯成月牙,笑容灿烂得如一个天真的孩子,夏彤彤不好再生气,她苦笑着摇摇头:"那就谢谢你们啦……只是我可能没有什么心思玩乐。"

一想到节目策划的事情,她就一个头两个大,现在这种状况,怎么能放下心来玩啊!

"交给我吧!我听说你正在为一个侦探节目发愁,游乐城最近新开了一个解谜古堡,正好与你负责的节目的主题符合。我们去玩玩,说不定就有灵感了呢!"江潮安抚地拍了拍夏彤彤的肩。

几乎是一瞬间,夏彤彤那双清澈的眼眸里绽放出异样的光彩:"真的吗?那还等什么,我们赶紧去吧!"

夏彤彤迫不及待地打开游乐城的地图,拉着江潮,直奔解谜古堡而去。

半个小时后。

"呼……这就出来了?好简单啊!"

掀开解谜古堡的暗红色门帘,夏彤彤重新回到了喧闹的游乐世界,她看着屋外打打闹闹的小朋友们,脸上染上了一抹失望。

"呃……"

江潮站在夏彤彤身后,神色有些尴尬。本来他事先在网上查过,网友们都评价这个古堡惊险刺激又恐怖,是和女生增加感情的好地方,可没想到夏彤彤既不怕黑也不怕鬼,每到一个新的环节,心思只沉浸在如何找谜题解答案,两个人连一句闲聊的时间都没有。

而且他好几次被突然蹿出来的工作人员吓得够呛,有一次还差点儿掉进古堡的陷阱水池里,还是夏彤彤眼明手快,一下子把他捞了上来。

"不怕不怕,要相信科学,这个世界上根本就没有鬼嘛。"夏彤彤还像大姐姐一般,拍拍他的肩膀安慰道。

在心仪的女生面前这样出糗,江潮心里如哑巴吃黄连,有苦说不出。

两个人就这样不聊天只闯关,效率奇高,不到半个小时,他们就将古堡的所有关卡都玩了一遍。回到游乐城门口,看着夏彤彤那满满一大本子的线索和草稿,江潮忽然觉得自己带她来这里是个巨大的错误。

"唉,还是没什么灵感……看来只能回去慢慢找了,那么今天就到这里吧。江潮,我先回家啦,再见哦。"

夏彤彤把本子和笔收进背包,刚要转身离开,一个踩着高跟鞋的女人就出现了。女人挡在夏彤彤面前,她妆容精致,成熟妩媚的脸上带着轻盈的笑,是一个风情万种的美人。

"恭喜两位,我是缤纷游乐城的老板,"女人笑眯眯地看着夏彤彤,"你们是解谜古堡开业以来闯关最快的客人,所以我要送你们一件奖品。"

"还有奖品?"夏彤彤一怔,身边的江潮也露出好奇的神色。

美女老板从身后拿出一个造型古朴的镜子:"奖品是一面古镜,只送给闯关最快的客人,请收下吧。"

夏彤彤疑惑地接了过来,这是一面看起来很普通的铜镜,拿在手里十分轻巧,镜面有些暗黄浑浊,镜子背面雕刻着质朴的花纹,看不出来有什么特别和值钱的。

美女老板弯下腰,在夏彤彤耳边轻声问:"你相信这个世界上,有超自然的神秘存在吗?"

被这么突如其来地一问,夏彤彤一时没反应过来,她错愕地看着美女老板。

美女老板轻笑一声,直起身来:"我可不是开玩笑哦!世界上有很多用科学无法解释的谜题。这枚古镜看起来普通,但它在遇到超自然的

第四章 神奇的古镜

存在时会发出紫色的光芒哦。"

"老板，我们都不是小孩子了，这种都市传说就别编了。"江潮不相信地摆摆手。

夏彤彤心头涌上一股奇怪的感觉，她看着古镜，古镜仿佛有种特别的吸引力，让她移不开眼。不知道是不是盯久了的缘故，古镜背面上繁密的花纹似乎都飘了起来，她晃了晃脑袋，那种怪异的感觉便消失了。

"哈哈！开个小玩笑，祝两位玩得愉快！"美女老板朝夏彤彤眨眨右眼，露出一个神秘的微笑，转身就离开了。

夏彤彤本来想把古镜给江潮，刚要开口，江潮的手机"嗡嗡"地振动起来。

"喂，菁菁？"江潮接起电话，帅气的脸上神情忽然变得紧张起来，"什么，你看到我的朋友圈，也来缤纷游乐城了？"

江潮匆匆说了几句，挂断电话后，他为难地转过身，对夏彤彤说道："彤彤，我有个朋友也过来了……"

"我明白，我也要回家想策划了，你去吧。"她痛快地和江潮挥手道别。

江潮的脸上露出几分沮丧，说了句"路上小心"就朝着另一个方向走去。

把古镜收进背包里，夏彤彤抬起头，远远地看见一个纤细苗条的身影朝江潮跑去，那是一个漂亮的女生，仰起白皙清纯的脸庞和江潮说话的模样十分娇俏可人。

"女朋友吗？很般配呢。"夏彤彤瞥了两眼，没有放在心上。

晚上回到家,夏彤彤开始整理白天在解谜古堡闯关时记下的笔记,经过这次古堡探险,对于新的策划案她有了一些眉目,不过还不足以支撑起一档好玩又有内涵的综艺节目。

她苦恼地放下笔,躺在床上滚了一圈:"不如明天上班时问问苏墨,也许他能给我一些好建议……"

摸着苏墨送给自己的手镯,夏彤彤的心脏又"扑通扑通"不规律地跳动起来,苏墨那张俊美的脸浮现在眼前。

"啊啊啊!笨蛋,不许想他了!"

夏彤彤拍拍脑袋,拿起手机,把通讯录里苏墨的名字改成"超级无敌雨神",看着这个名字,她忍不住笑了:"好了,改成这个总不会想入非非了吧?"

第二天一上班,夏彤彤就被陈御剑叫去办公室,询问《谁是大侦探》的新策划进展。离开副台长办公室,她的心情越发沉重……

明天就是星期五了,策划却还没有影子,怎么办?

因为节目剧本泄露事件,现在台里的工作人员路过夏彤彤身边都会加快脚步,就连先前和她一起跑过龙套的"战友"沈小美,见到她也都会移开目光。

"小美,要不要一起……"夏彤彤扬起手,话还没说完,沈小美就一溜小跑,追赶起前面的人:"镜蓝,等等我呗!"

夏彤彤高举着手愣在原地,看着不远处的陆镜蓝回过头来,朝她露出一抹笑容,那骄傲的面容上带着轻蔑的笑容。

"算了。"她自嘲地摸摸鼻子,独自一人去了电视台玻璃长廊下的小花园。

高大的梧桐树下,一个迷你的水池在阳光下泛着粼粼波光,漂亮的绣球花倒映在水面,层层叠叠的蓝紫色像极了某人的眼眸。

夏彤彤坐在水池边,思绪又情不自禁地飞到了天边……到底什么样的谜题既能吸引人，又充满神秘和幻想色彩呢？

想到这个，她从背包里摸出了昨天在解谜古堡探险时获得的奖品，这面镜子的做工越看越粗糙……

一阵轻微的脚步声渐渐靠近，夏彤彤抬起头——

隔着层层叠叠的绣球花，苏墨正注视着她。他长身玉立，光洁的额前散落着一缕碎发，浓密的眉毛仿佛剑一般锐利，他卷翘的睫毛很密很长，在下眼睑处投下一小片阴影，那双蓝紫色的眼眸看不出情绪，淡粉的薄唇紧抿在一起。

"苏……苏墨？"夏彤彤吃惊道。

"你怎么了？"苏墨朝她走过来，"一副看破红尘的模样。"

"你才看破红尘呢！"夏彤彤噘起嘴反驳，这时，镜子里忽然亮起了一道朦胧的亮光，她惊讶地盯着镜面，只见随着苏墨缓缓走近，那道亮光也越来越炽烈，甚至比阳光还盛。

苏墨在她身旁站定："这是什么？电动玩具吗？"

"不，这是……"

夏彤彤话到嘴边突然戛然而止，她的脑海里浮现出昨天那个美女老板的话语——

"你相信这个世界上，有超自然的神秘存在吗？"

"这枚古镜看起来普通，但它在遇到超自然的存在时会发出紫色的光芒哦。"

夏彤彤拿起古镜查看了一番，发现古镜上既没有装电池的地方，也没有启动电源的开关。

这什么情况？美女老板不是说她是开玩笑的吗？这面镜子还真的有什么古怪吗？

她困惑地扭过头看向苏墨，苏墨那双深邃的眼眸中，有疑惑，有探究，还有一丝关切，池水水面细碎的光点反射到他英俊的脸上，为他镀上了一层梦幻的星光。

为什么这面镜子遇见苏墨会突然发亮?

"你怎么了?"

"没什么……"夏彤彤下意识地否认了,她再回头一看,古镜还是那副平凡无奇的模样,仿佛之前看到的亮光只是她的错觉。

看来是她想多了,世界上哪来超自然的神秘存在?别人只是随口说的玩笑,她竟然还记心里去了。

这个念头刚闪过她的脑海——

夏彤彤的眼里猛地冒出一抹兴奋的光,她"嗖"地站起身:"我有灵感了!谢谢你!"

她一时间得意忘形,像往常与叶雨兮玩闹那样,兴奋地给了苏墨一个大大的熊抱,苏墨身上传来一股好闻的薄荷味道,让她的理智突然回归。

"我……我去写策划了!"夏彤彤霎时松开苏墨,脸红得如火烧一般跑开了。

一直跑到办公室,夏彤彤才停下来,她捂着剧烈跳动的心口,觉得自己真的是发疯了。一股羞愧又甜蜜的感觉萦绕在心头,想起刚才拥抱苏墨时他俊美的脸上石化一般的表情,她的嘴角忍不住勾起了微笑的弧度。

"哈哈哈,傻瓜!"

第四章 神奇的古镜

回到办公室后,夏彤彤的灵感犹如泉涌,她坐在电脑前,"噼里啪啦"地打起字来,不知不觉,一份新的节目策划案很快完成了。

"搞定!"

清脆的键盘敲击声响起,打完最后一个字,夏彤彤的视线移开电脑屏幕。不知何时,窗外夜幕低垂,而办公室里静悄悄的,一个人也没有了。肚子"咕噜噜"地响着,一股饥饿感袭来,她这才注意到自己一天都没吃饭。她环顾四周,发现办公桌上还有半杯咖啡。她拿起杯子,杯里的咖啡已经冷掉了。

正当她要喝掉时,办公室的门被人从外面推开了,苏墨微蹙着眉头,手里提着一个外卖袋。

"放下杯子,吃饭。"他把外卖放在夏彤彤的办公桌上。

夏彤彤打开袋子,里面居然只有一份冒着热气的白粥。

"怎么是白粥……"夏彤彤有些失望。她饿了一天,现在对白粥可一点儿兴趣都没有呀!

苏墨神情冷淡:"一天没吃东西,乱吃你不怕胃疼吗?"

夏彤彤抬起头,目光疑惑地看向苏墨,苏墨仿佛知道她在想什么,面无表情地说:"你别想歪了,我只是因为预防上次的绑架事件再次发生,才留在公司等你的。"

"好吧……谢谢你。"

夏彤彤撇了撇嘴,捧着粥碗喝了起来,温热的白粥煮得黏稠,香糯可口,她小口喝着粥,空落落的胃终于舒服了一些。

办公室内又恢复了寂静,在她喝着粥的空当,苏墨缓缓踱步到窗边,彗星市的夜景十分美丽,皎洁的月光洒落,将街边的树影拉得老长。

夏彤彤放下勺子,苏墨背对着她,高大颀长的背影有种说不出的落寞。

"苏墨,你有心事吗?要不要跟我说说?"她忍不住脱口而出。

苏墨诧异地回过头看了她一眼："没什么。你吃饭吧，吃完我送你回家。"

他还要送她回家？

夏彤彤的脸颊忽然染上了绯色的红晕，她点点头，舀了一勺粥送进嘴里，可能是这家的白粥特别美味吧，喝下去，心里都是甜丝丝的感觉。

将写好的节目新策划发送到王心的邮箱后，夏彤彤便关上电脑，与苏墨一路无言地回了家。到家后，她就收到了王心的回复，王心十分满意，宣布《谁是大侦探》可以按照新的节目策划开拍了。星期五早上，身为主持人，夏彤彤第一个到达了摄影棚。

夏彤彤穿着一条蓝色蕾丝裙，乌黑的长发高高梳成马尾，精致的蓝色发带上点缀着珍珠和钻石，看起来活泼又有元气，第一期的嘉宾是最近人气非常旺的流量小花和男明星，他们一出场，现场的粉丝观众就发出激动的尖叫声。

"欢迎大家来到《谁是大侦探》！这一期的主题是神秘能量……"

夏彤彤的开场表现得落落大方，但没人知道她藏在身后的手一直在发抖……这时，一只温热干燥的手握住了她的手，一瞬间，夏彤彤只觉得一股电流从指尖传来，她僵在原地……

站在她身旁的苏墨淡然地轻声说："放轻松，你太僵硬了。"

摄像师眼尖地抓住了这一幕，导演立马让大屏幕给了一个特写，随即一束白色的光照向夏彤彤和苏墨握在一起的手，工作人员调皮地在他们身后喷出一串串粉色的泡泡，观众席上发出一阵起哄的笑声，顿时冲淡了夏彤彤的紧张感。

放松下来的夏彤彤轻轻回握了苏墨的手一下，算是回应，苏墨的嘴角掠过一丝不易察觉的微笑。

星期日是《谁是大侦探》首期播放的第二天，夏彤彤一大清早就起来，连早餐都顾不上吃，迫不及待地打开手机搜寻节目相关。节目的网络点击率很高，观众评价都很好，知名影评网站猫瓣上，节目评分高达8.0。

"太好了……"夏彤彤终于松了口气。

屏幕里，她看起来清新自然，气质清冷疏离的苏墨话虽然不多，但每一句提示都能抓住关键，两个人搭配起来异常和谐。

哇！这次的主持人和顾问真的好棒啊！俊男美女，我好喜欢！

对啊，剧本也很高明，神秘能量的题材是我很喜欢的！

你们有没有发现，台上的主持和嘉宾有种很萌的CP（人物配对关系）感啊……

看着观众的留言，夏彤彤的脸上忍不住带上了一丝微笑。

不知道苏墨有没有看到这些评价……如果他看到了，心里会怎么想呢？

她美滋滋地继续翻着节目下方的留言，一条署名为"揭露夏彤彤内幕"的用户ID忽然引起了她的关注。

揭露夏彤彤内幕：呵呵，你们全都被夏彤彤给骗了，她可是连自己亲生母亲都不理睬的冷血人！

揭露夏彤彤内幕：夏彤彤，这几年来你对妈妈都不闻不问，良心过得去吗？

揭露夏彤彤内幕：夏彤彤，别看你现在风光无限，小心以后遭到报应！

一连十几条，这个人都在痛骂夏彤彤无视亲生母亲，一心只顾自己的事业……看着这些评论，夏彤彤脸上的血色褪了个一干二净。

母亲？

的确，她已经很久没有和母亲联系过了，那是因为在大学时，她曾

经试图给母亲打电话,却被一个男人警告,不准她以后再打电话过去……

她害怕自己的出现会打扰母亲的生活,就再也没打过电话……这个人为什么这样说自己?他和母亲又是什么关系?

夏彤彤立刻给那个 ID 发了私信,但那个人并没有回复她。

《谁是大侦探》的节目彻底火了起来,连续一个月都占据着网络电视播放榜的前十,夏彤彤因为除了担任主持人,还兼任这个节目的策划人,因此被网友们交口称赞。这段时间,她每天都忙得不可开交,俨然已是彗星市电视台当红女主持之一,而她与苏墨的配合越来越默契,两个人只是站在一起,都会让人感觉有种说不清的甜蜜气氛。

这天,王心制作人忽然找到夏彤彤,交给她一个新的任务——

"什么?让我和陆镜蓝竞争电视台的台庆晚会的女主持人?"夏彤彤吃惊地瞪大了双眼,她有些犹豫地道,"可是……可是我现在只想把自己的节目做好……"

王心微笑地看着夏彤彤,笑容中带着一丝了然:"你是不喜欢和别人竞争吧?"

"我……"

"你知道吗?我很喜欢你这一点,不争不抢,努力做好自己的事。"王心摸了摸夏彤彤乌黑的长发,就像一个慈爱的长辈,"可是,台庆一年只有一次,这也是我给你的挑战。如果你不能确定的话,就去和你的搭档苏墨商量一下吧。"

"好吧。"夏彤彤不好再拒绝,点点头答应了。

趁着午休时间,夏彤彤偷偷跑到苏墨的私人休息室。休息室的门没有锁上,她一推开门,就看到苏墨躺在沙发上闭目养神,他长腿交叠,身上的灰色长款风衣垂到地上,双臂环胸,眉头紧锁。

夏彤彤注意到苏墨旁边的桌子上放着一块还没吃完的白巧克力,忍

第四章 神奇的古镜

不住笑了起来，没想到这么冷傲的人，也爱吃这么甜的白巧克力。

她蹑手蹑脚地走进来，拿起放在沙发角落的小毛毯，盖在苏墨身上。她低头注视着这张英俊的脸，他为什么皱着眉头？是不开心吗？

"下次进来之前，可以先敲门吗？"闭着眼睛的苏墨突然出声，他的嗓音有些沙哑，似乎刚被吵醒。

"门……门没关……"夏彤彤像被抓包的小孩，手足无措地僵在原地。

苏墨睁开眼睛，那双蓝紫色的眼眸仿佛能看透夏彤彤的心。他坐起身来，优美的唇微不可见地弯了弯："算了，既然我们是搭档，我就特许你可以不敲门进来吧。"

苏墨亚麻色的短发难得地乱翘着，为他增添了一丝少年的天真，夏彤彤忍不住伸手，帮他顺了顺头发。苏墨只是看了她一眼，竟然没有像以前那样冷漠地呵斥她。

一股微妙的气氛在室内流动着，两个人谁也没再说话。坐在苏墨的身边，夏彤彤觉得自己焦躁不安的心变得平静，她本来是想来询问苏墨的意见，看自己要不要竞争台庆女主持……不过现在她已经有了决定。没错，陆镜蓝看不惯她也不是一天两天了，就算她不去争，陆镜蓝也不会就此不再针对她。而且如果她连这个挑战都不敢接受，那她凭什么说要做最好的主持人呢？

走出苏墨的休息室，夏彤彤正好迎面碰上陆镜蓝，说来也奇怪，自从《谁是大侦探》红了以后，陆镜蓝就一直躲着她。

不过这一次，陆镜蓝看到夏彤彤，先是一愣，随后娇艳的脸上露出复杂的神情……嫉妒和愤恨杂糅在一起，却又带着几分快意。

夏彤彤装作没看见陆镜蓝，准备擦身而过时，陆镜蓝叫住了她："夏彤彤，恭喜你啦。"

"恭喜我？"夏彤彤一愣，"恭喜我什么？"

"别装了，副台长直接钦定了你做这次台庆的主持人，我当然得提

前说声恭喜。"陆镜蓝撇撇嘴,在她眼里,夏彤彤就是这种得了便宜还要卖乖的人。

目送着夏彤彤的身影离开,陆镜蓝美丽的脸上露出一丝诡异的笑:"背景强大了不起吗?先让你得意几天,我们走着瞧。"

果然和陆镜蓝说的一样,台庆主持人的名单当天就下来了,女主持人正式选定为夏彤彤。

之后台庆的彩排,夏彤彤用了一百二十分的心,一个人恨不得掰成两个用。和《谁是大侦探》的提前录制不同,台庆可是长达两个小时的直播,只要在节目中间出一点儿差错,她都会完蛋。

一个月的时间很快就过去了,夏彤彤累得人都消瘦了一圈,不过也衬得她的脸蛋越发精致。台庆当天,她换上香槟色的露肩礼服,红色宝石项链戴在天鹅般修长的颈间,整个人优雅又知性。

"紧张吗?"

休息室里,苏墨看着在做最后准备的夏彤彤,作为搭档,他将她这些天的辛苦都看在了眼里。

"当然紧张啊!万一出差错,我的职业生涯就到此为止了。"

"没那么严重。"苏墨被夏彤彤夸张的表情给逗笑了。

苏墨舒展的脸庞如春风拂过,勾人心魄。夏彤彤吃惊地瞪大了眼睛。相处了这么久,她还是第一次见苏墨这么笑。她一直以为他不会笑呢!他笑起来要比冷着脸好看多了!

夏彤彤刚想要说些什么,苏墨口袋里的手机响了起来,他接起电话,脸上的笑容消失了。

"抱歉,我有事要去处理,不能留下来看直播了。"挂断电话,苏墨恢复了那副严肃冷淡的面孔。

"啊……"夏彤彤心里涌起一阵失望,但还是朝苏墨绽放出一抹笑容,"好的!你去吧,我会好好表现的!"

第五章

雨中而来的超级男神

距离台庆晚会开始还有两个小时，后台里，工作人员一片忙碌，夏彤彤也不敢放松，等待彩排的空当，努力地复习着流程和主持人串词。苏墨不在身边，那股紧张感又从心底冒了出来，她深呼吸了好几口气都没办法缓解。

"夏彤彤，有人找你。"

身后响起一道熟悉的女声，夏彤彤转过身一看，陆镜蓝笑得一脸春光明媚，看起来亲切极了。夏彤彤诧异地打量了一眼陆镜蓝，台庆晚会没有陆镜蓝的出场，她却化着浓重的舞台妆，身穿华丽的蓝色礼服裙。

"谁找我？"

"谁找你，你出去不就知道了吗？他在电视台门口等着你呢，好像有急事。"陆镜蓝说完，扭头就走了。

来到电视台门口，夏彤彤看到一个又瘦又矮的陌生男人正站在那里徘徊，他二十七八岁，一副尖嘴猴腮的长相，看到夏彤彤出来，一双小眼睛顿时放光。

"彤彤，我总算见到你了！"男人扑过来，就要亲热地抓夏彤彤的手臂。

夏彤彤吓了一跳，连忙躲开："你是谁？我不认识你啊！"

"我是你哥啊！"男人一脸激动，"妈病重了，她死前想见你最后一面！"

男人用异常热忱的目光注视着夏彤彤："彤彤，彤彤！我是哥哥啊……妈以前总是会提起你！你不认识我没关系，你总还记得自己妈妈叫唐美嫦，原来家住在蜜桃路43号吧？"

一瞬间，夏彤彤的脸色变了。

蜜桃路43号是她父亲还在时，他们一家三口住过的地方，她从没跟别人提起过……

夏彤彤注视着眼前陌生的男人，他就是她那个同母异父的哥哥吗？

第五章 雨中而来的超级男神

夏彤彤的母亲年轻时是一个大美人，还出演过电影。与夏彤彤父亲是第二段婚姻，她跟前夫有一个儿子，夏彤彤知道，但一直没见过。自从夏彤彤的父亲失踪后，她的母亲就将她抛下，又跟前夫复合了。

想到这里，夏彤彤的心仿佛被什么拉扯着，尘封在心底的痛苦记忆，像一道已经结痂的伤口，又被人硬生生揭开，鲜血淋漓。

"妹妹，这些年，妈一直念叨你，觉得对不起你。我爸死后，妈曾经想过认回你，可是又怕给你造成负担……但是妈现在得了癌症，她想在临死前见你一面，"男人说着，从衣服口袋里掏出一张照片，"你看，这些年她还一直留着你的照片。"

夏彤彤接过来，照片中，她头上戴着两个可爱的蝴蝶结，搂着妈妈的脖子笑得无比开心……这是她和妈妈留下的唯一合照了吧。

看着泛黄的照片，夏彤彤眼睛一酸，滚烫的眼泪簌簌地落下来……原来母亲并不是不爱她，当初选择离开，也许是有难言的苦衷。

夏彤彤抹了抹眼泪："等我做完节目就去看她，妈妈在哪个医院？"

"做完节目？"男人转了转眼珠，露出一副焦急的神色，"来不及了，医生说妈妈很可能撑不过今晚，要不然我也不会急着来找你。"

"可是我现在不能离开啊……"夏彤彤犹豫了，不是谁都能得到主持台庆的机会，可这是今生最后一次见到母亲的机会……

"现在回去都不知道能不能赶上……你就快跟我走吧！"男人伸手就拽着夏彤彤的手腕走。

这次夏彤彤没有躲开男人，她咬牙一想，距离晚会开始还有近两个小时，快去快回顶多是错过彩排，她一定能及时赶回来主持正式直播的！

"行，我先跟你去见妈妈。"

忽略掉内心忽然升起的不安，夏彤彤衣服都来不及换，跟着男人急匆匆地坐上出租车就离开了。

"师傅，麻烦到市医院。"在出租车上，男人哭诉起来，"妹妹，咱妈的住院费还欠了好几万，我实在没有钱……待会儿到医院你能不能

先给我钱,让我去交上,你去看妈。"

夏彤彤心急如焚,点点头:"行,那你把妈妈的病房号告诉我。"

"病房号……"男人顿住了。

见男人的神色有些反常,夏彤彤的心头笼上了一层疑云:"怎么了?"

男人赶紧回道:"没……她不是重病吗?所以在那个什么……重症监护室,每天要花很多钱呢!"

夏彤彤蹙起眉头没说什么,可一路上,男人都一直软磨硬泡地管她要钱,没再提母亲的病情。每当夏彤彤想问问这些年母亲的情况,他都含糊其词地带过,彻底引起了她的怀疑。

半个小时后,出租车停在市立医院门口,两个人刚一下车,就被站在门口的医院保安拦住了。

"你怎么又来了?"保安大叔不客气地对男人说,"你这纯属医闹,就连法院判决都下来了,你就不要纠缠了!"

"什么……"夏彤彤一头雾水。

保安大叔见夏彤彤是和男人一起来的,对她的态度也非常不客气:"唐美嫦已经去世半年了,你们再这样闹下去,我就报警了!"

夏彤彤的脑子里"嗡"的一声,好像被人用锤子猛地砸了一下。

"你……你说什么?"

男人在医院保安科已经"挂上了号",不过短短几分钟,夏彤彤就从保安大叔口中了解到了事情的真相。

她的母亲的确是得了癌症,不过是在一年前,因为没钱治疗,母亲的病情恶化得很快,半年前便去世了。而男人已经在医院闹了半年,非说是医院故意延误治疗导致病患死亡。他要求医院赔偿二十万,还申请无偿法律援助打官司,前几日法院判决出来了,判定男人起诉理由不成立。

"怎……怎么会这样?"听完来龙去脉,夏彤彤惊得脚一软,整个人差点儿跪倒在地。

见事情败露,男人厚颜无耻地狡辩着:"哼,都怪你一年前还是个一穷二白的大学生!要是你早点儿赚钱出名,咱妈说不定就有救了嘛。"

"你……你!"夏彤彤气得浑身发抖,脸憋得通红。

"咦?姑娘,你有点儿眼熟啊……"保安奇怪地问,"你是名人吗?"

"嘿嘿,我妹妹可是电视台的知名主持人。"男人得意扬扬地说,"妹妹,你要是不给我钱,咱们两个没完。我知道你名下有一套房子,这样吧,你只要把那套房子给我,我保证以后再也不来烦你。"

看着男人开始耍无赖,夏彤彤顿时觉得无比荒谬,不知道是该为自己难过还是该为母亲心疼……

"怎么?不想给?"男人恼怒地威胁起来,"你应该看到过那个'泄露夏彤彤内幕'的帖子吧?你不给我我就去上网发帖,把这一切都说出来!"

夏彤彤瞪大眼睛:"原来是你!"那些所谓的"爆料帖",都是这个男人发的!

"不只是这样呢,我告诉你……"男人挂上了无耻的笑容,还要继续说,夏彤彤浑身的血都直往脑门冲:"滚开!"

她暴怒地推开他,转身打了一辆出租车:"师傅,去彗星市电视台!"

男人从地上爬起来，没能追上夏彤彤，气得在原地直跺脚。夏彤彤坐在车里，望着傍晚的天空渐渐变暗，夏夜温热的风拂过脸颊，她似乎听到了自己心碎的声音。她努力仰起头，不让泪水溢出眼眶。

妈妈……妈妈！

多年不见，没想到竟然已经永别……

也许长大就是这样，就连悲伤的时间都没有，出租车疾驰来到电视台，夏彤彤一下车便飞奔进大门，就连高跟鞋崴了脚也没停下，她刚跑到演播室门口，里面就传出陆镜蓝热情洋溢的致辞。

"下面我宣布台庆晚会，正式开始！"

夏彤彤无法置信地僵在原地，距离晚会开始明明还有一个小时啊！

"夏彤彤，你擅自离开岗位怎么不说一声？"

一道充满怒气的声音从夏彤彤身后传来，她扭过头，看到王心满脸愠怒。

"刚才彩排找不到你人，陆镜蓝说你母亲病危，你今晚不能主持节目了，所以我们只能临时换人了。"

"我……我被人骗了！"夏彤彤的眼泪瞬间如断了线的珠子，"心姐……时间还没到，我还可以主持的……"

王心脸上的神情更加不悦："夏彤彤，你到底有没有意识到问题的严重性？不说一声就直接消失，你有没有想过，如果节目因此出问题怎么办？"

"我……"夏彤彤百口莫辩。

"多亏了陆镜蓝，她临危受命，接受了台庆主持人的重任！"王心严厉地斥责道，"你好好反省一下自己吧！现在你去副台长那儿报到，然后等着接受处分吧。"说完，她冷着脸推门进了演播室。

夏彤彤擦去脸上的眼泪，平复好自己的心情，来到副台长办公室……现在不是哭的时候，她必须要好好道歉，解决问题才行。

"进来。"

一进副台长办公室，夏彤彤的眼泪"唰"地一下又流了出来，陈御剑听完她声泪俱下的解释，并没有说什么，只是安慰了一下，让她提前下班回家了。

夏彤彤默默走出电视台的大门，她回过头，电视台的大楼灯火通明，她似乎能听到从演播室里传来的欢乐笑声，只有她的心情是低落寂寥的。

望着街道上的车水马龙，夏彤彤的心头沉甸甸的，妈妈的死讯、哥哥的无耻、事业的失败……所有的事都像一座座大山，压得她喘不过气来。

她掏出手机，手指在屏幕上滑动了好一会儿，却找不到倾诉的对象。

她不能打给叶雨兮，以叶雨兮的性格，知道这件事后肯定会帮自己出头，那个所谓的哥哥如此卑鄙无耻，只会给叶雨兮平添麻烦。

而苏墨……如果苏墨知道了她这段不堪的过去，又会怎么看待她呢？

本来还算晴朗的夜空突然打了几个响雷，顷刻间，大雨倾盆而下，夏彤彤呆坐在路边，任由冰凉的雨水打在身上。脚踝处传来钻心的疼痛，眼泪混合着雨水流下来，这一刻，内心的无助与恐慌再也遮盖不住，夏彤彤捂住脸，失声痛哭起来。

天色已深，人们匆匆往家而去……只有她，天大地大，却找不到一个容身之所。

不一会儿,夏彤彤的全身就都湿透了,冰凉的衣服贴在身上很不舒服,她站起身来,朝着天空大声吼:"我绝对不会被打败的!"

发泄之后,心情也随之缓和了许多,夏彤彤背着包,往家走去。想开后,她不禁有点儿庆幸,幸好还有一个家,她不至于担心流落街头。

"一切都会好起来的!"她安慰自己。

暴走了一个小时,雨水和泪水将夏彤彤脸上的妆容冲刷得一干二净,她身上还穿着隆重的礼服,引来路人好奇的目光。不想再引起注目,她干脆拐了个弯,走上了一条寂静的街道。

昏黄的路灯照亮前行的路,只要再穿过一条巷子就到家了,夏彤彤已经走得气喘吁吁,她揉了揉脑袋,湿漉漉的头发被风一吹,脑袋钝痛起来。

突然,平时无人的小巷里传来一阵喧闹声,四个打扮怪异的青年迎面走来,他们穿着破洞牛仔裤,留着造型奇特的发型,身上戴着模样夸张的骷髅项链和戒指,说话格外大声,看起来非常嚣张。

"哈哈哈!"其中一个青年不知道说了些什么,引得另外三个青年放声大笑。

夏彤彤提高了警惕,低下头加快脚步,希望能和他们和平地擦肩而过。

可就在这时,其中一个染着黄色头发的青年猛地往夏彤彤身上撞了一下,她吓得尖叫了一声:"啊!"

夏彤彤躲避不及,被这股力量冲撞得身子一偏,还没等她呼痛,撞她的青年倒是一下子躺倒在地,号叫起来:"哎哟,好疼,我的脚要断了!"

稳住身子的夏彤彤目瞪口呆。

见状,另外三个青年聚拢过来,将夏彤彤包围起来,其中一个留着阴阳头的青年上下打量了她几眼:"喂,你到底长没长眼睛,竟敢把我兄弟的脚踩坏了！"

"我没有……"夏彤彤慌忙辩解道，可是很显然，青年们并不在意她的解释，他们气势汹汹地瞪着她。

夏彤彤紧张地将包紧紧抱在怀里："你们要多少钱？我……我没带多少钱。"

三个青年嘻嘻哈哈地对视了一眼，"阴阳头"嗤笑一声："小妹妹，这个钱你恐怕赔不起啊。"

"怎么会……"夏彤彤努力保持着镇静，一边说一边悄悄将手伸进包里，摸索着手机，想要报警，"不如先送他去医院检查一下，医药费我会全权负责。"

"去医院？"青年们像听到了什么好笑的事一样，哈哈大笑起来，"我们可不会去什么医院。你赔钱就好，哈哈哈……"

青年们的笑声尖锐刺耳，夏彤彤有些害怕地后退一步，其中一个穿着花衬衫的青年眼尖地看到她手里的动作，大叫起来："老大！这女的在包里偷偷报警！"

"你敢？"阴阳头一个箭步冲过来，猛地抢过夏彤彤的包砸到了地上，"敬酒不吃吃罚酒！"

阴阳头生气地抓住夏彤彤，猛地扬起手就扇了她一个巴掌。夏彤彤被扇得一个趔趄，只觉得自己耳朵嗡嗡作响，脸火辣辣的疼。

躺在地上的青年爬了起来，笑嘻嘻地举起手机拍起照来："美女主持人深夜被暴打，哈哈，你明天也可以上头条了！"

"你们到底是谁？想干什么？"

夏彤彤跟跟跄跄往后退，四个青年不慌不忙地向她围过去，嬉笑地看着她，像看小丑一样。夏彤彤的内心充满了绝望……这些人绝对来者不善，他们怎么会知道自己是主持人？

夏彤彤下意识地摸上手腕上戴着的银镯，那是苏墨送她的，手镯上忽然传来一阵微弱的酥麻感觉，仿佛有电流通过——

"轰隆!"

天空中响起一声惊雷,暴雨再次倾盆而下,四个青年懒得再逗她,直接伸手去撕扯她身上的礼服。她拼命反抗,可根本抵挡不住四个大男人的力气,"刺啦"几声,礼服便被撕得七七八八。

"救命啊!"夏彤彤哭喊着,绝望弥漫心头。

"放开她!"

喧嚣的雨声中,一道冰冷的男声带着难以忽视的穿透力响起。泪眼蒙眬中,夏彤彤看到一个高大的身影从雨幕中走来,如同从天而降的神祇。雨丝仿佛有生命似的,自动绕开了男人,这么大的雨,他的身上居然没有一个地方湿掉。

"苏墨!"夏彤彤流下了欣喜激动的泪水。

青年们慌乱了一瞬间,看到只有苏墨一个人,气焰嚣张又起来。

"你谁啊?"

"臭小子,别多管闲事!"

苏墨的目光落在夏彤彤被擒住的手上,蓝紫色的眼眸闪过一丝愠怒:"我再说一次,放开她。"

"哼,口气挺大啊!兄弟们,上!"阴阳头一声令下,他们放开夏彤彤,一起冲向苏墨。

"苏墨,小心!"夏彤彤的心一下子提到了嗓子眼。

暴雨越来越大,苏墨的胸口迸发出一道光,他一挥手,空中落下的雨滴好像被控制了一般,化作一把把水剑,飞向冲过来的青年们。

望着眼前的这一幕,夏彤彤震惊得张大了嘴巴。

第五章 雨中而来的超级男神

五分钟后——

"哎哟……"

"疼死我了!"

先前气焰嚣张的青年们全都倒在泥水里,狼狈不堪,他们惊恐万分地瞪着苏墨:"怪物!怪物啊!"

苏墨没有搭理他们,径直走到夏彤彤面前,目光在夏彤彤的脸上扫视了一圈,见她那双清澈的眸子里有惊愕,有疑惑,唯独没有害怕……不知道为什么,他的心情变得轻松了许多。他脱下风衣外套,包裹在她身上。

"苏墨……你……你……"夏彤彤紧紧地抓着他的胳膊,半天都说不出一句完整的话。

他安抚地揉了揉夏彤彤的脑袋:"我明白,我先处理掉这些人再说。"随即他站起身,走到那四个抖得像筛子似的青年跟前。

"还要我开口吗?"苏墨冷冷地说,"说,是谁让你们来的。"

为首的阴阳头拼命求饶:"大……大哥饶命,是我们有眼无珠!我们是被人指使,受人蒙蔽的……"

"对啊,对啊!是柳哥,也就是这位美女主持人的哥哥!他指使我们在电视台门口守着,等他妹妹出来后下手!"

"什么?"夏彤彤简直不敢相信自己的耳朵……他为什么要这样对待自己?

"柳哥是花街有名的小混混啊,他说他妹妹是美女主持人,叫我们兄弟几个来教训她一下,拿点儿钱花花……我们只是求财而已啊!"

"他人在哪里?"苏墨压抑着怒气问。

他的语气虽然并不激动,但飞起的雨滴仿佛恐怖的子弹,"砰"地在青年们身旁的地面上砸了个大坑,青年们顿时吓得面如土色。

"大哥,大哥,你饶了我们吧!我们也不知道他在哪儿啊……"

苏墨眯了眯狭长优美的眼睛,看向夏彤彤:"夏彤彤,你做决定吧。这几个人怎么办?"

"我?"夏彤彤一脸茫然无措。

青年们赶紧向她求情:"对不起!我们以后再也不敢做坏事了!"

"对啊,对啊!我们没打算伤害你的,只是想求财而已!"

夏彤彤只感觉身心俱惫,怔愣了好半天,她开口道:"苏墨,算了吧,我只想回家。"

苏墨挑挑乌黑的眉,目光里透出一丝诧异。他没有多问,胸口闪过一道微光,手掌上空瞬间凝出几滴紫色的水滴。他扬扬手,那几滴水就被送进了青年们的嘴里。

青年们全都闭上眼睛晕了过去。

"你……你做了什么?"夏彤彤惊叫起来。

苏墨淡淡瞥了她一眼:"放心,我只是让他们忘掉今天所有的事而已,他们一会儿就会醒来。"

以苏墨平时的性格,他肯定饶不了这些心怀不轨的人,可是现在……他无奈地走到夏彤彤身旁,伸出手:"先跟我回家处理伤口。"

"哇!苏墨,你家好大啊……"

虽然知道苏墨的身份不普通,但一进苏墨的家,夏彤彤还是忍不住惊叹起来,没想到苏墨居然住在彗星市号称天价的别墅区里!

这个别墅区从一开售就很有名,它整个设计是一个大公园,每套别墅独立成院,院子里都建有小桥流水,湖光山色。苏墨的家位于别墅区最北边的一栋,是一幢三层小洋楼,还带游泳池和私人花园。

不过更让夏彤彤惊讶的,是苏墨家里的装潢,一眼望过去,所有的家具都是白色的,纤尘不染,害得她都不敢坐下,唯恐弄脏了什么地方。空气中弥漫着干净清爽的气息,一幅大海的油画悬挂在沙发的上方,沙发后,摆放着一个超大的鱼缸,里面游着两尾红色的金鱼,纯净的蓝与白相映，鱼和画一动一静，看上去感觉舒服极了。

"过来，让我处理一下你的伤。"苏墨伸出手，想要握住夏彤彤的下巴查看伤势，没想到夏彤彤侧过了头。

"你怕我？"苏墨停了下来，英俊的面容看不出什么情绪。

"不，当然不是！"夏彤彤底气不足地说。

不管苏墨身上到底有什么秘密，夏彤彤并不在乎，她知道苏墨不会害她，每次都是他救她于危难之中。只是苏墨一上来就摸脸，她一时间有些害羞……

"笨蛋。"苏墨的目光柔和了许多，他检查了一下她身上的伤，发现都是些轻伤，这才放下心来。

两个人之间的距离不超过 10 厘米，夏彤彤的心脏控制不住地"扑通扑通"乱跳起来，她咽了咽口水……想起之前雨滴变水剑那一幕，她心里不禁好奇，苏墨到底是什么人呢？

她刚想开口问他，然而嘴巴一张开就打了一个喷嚏，苏墨躲避不及，被她喷了一脸的口水。

她慌张地伸出手去抹苏墨脸上的水："对不起，对不起……阿嚏！阿嚏！"

原本暧昧的气氛消散得无影无踪，苏墨无奈地擦了擦脸："你去洗澡换身衣服吧，别感冒了。"

"可是，我还有很多问题想问你……"

夏彤彤眨巴着清澈的大眼睛，苏墨的心情不自禁地软了下来，他摸了摸她湿漉漉的长发："我知道，你先去洗澡，该说的我会告诉你的。"

夏彤彤泡了个舒服的热水澡，身体和心情都得到了放松，她一边哼着歌一边将苏墨的睡袍穿在身上，柔滑的触感，还带着一股海盐的芬芳，让人觉得十分特别。

"果然肿了……"夏彤彤对着镜子照了照，发现自己的脸颊微微肿着，不由得担忧起自己怎么上镜。一想到工作，她烦恼得头都要大了。

她来到客厅，看到苏墨穿着一套浅蓝色的真丝睡衣，亚麻色短发微湿，显然也是刚沐浴完，他见到夏彤彤，顺手递给她一个玻璃杯。

"这是什么？"她好奇地嗅了嗅，玻璃杯里散发着一丝淡淡的姜味。

"可乐姜茶，预防感冒的。"

夏彤彤点点头，老老实实地喝起姜茶来，甜丝丝的可乐遇上刺激的姜，在味蕾上碰撞开来。

"苏墨……今天你打那几个小混混……"她喝着姜茶欲言又止。

一听到那几个人，苏墨俊美的脸上掠过一丝阴霾："就像你看到的那样，我有操纵水的能力。"说着，他抬起手，一抹蓝色的水花就在他手心上方凝结，慢慢幻化成一朵莲花的形状。

"哇！"夏彤彤惊奇地伸手去摸，指尖触及一抹清凉，"真的是水！"

苏墨英俊的脸上露出奇怪的神色："你真的不怕我？"

"呃……不怕啊……"

虽然在此之前，夏彤彤只在电视里见过这种神奇的场面，不过她没有觉得在现实中见到有什么可害怕的。不知道为什么，她总隐隐觉得这样的场景有些熟悉。

本来苏墨还有点儿担心夏彤彤会把他看成异类，但见她神经这么粗，一点儿都不害怕，反而还很兴奋的模样，他嘴角扬起一个微小的弧度。

"苏墨，你从小就拥有这种神奇的能力吗？"

"你爸妈知道吗？这些年你一直都隐藏着自己的能力吗？"

夏彤彤连珠炮似的发问，看着苏墨两眼放光："还有！你自己身为一个大学教授，不会对自己产生好奇吗？"

"你的问题怎么这么多？"苏墨蓝紫色的眼里满是无奈，"我所拥有的能力，你可以理解为是基因变异的结果。"

"是吗？那么……"

"抱歉，我只能告诉你这么多。"苏墨打断了她的话。

见苏墨不想再讨论这个问题，夏彤彤识趣地挠挠头："好吧。"

谁没有点儿苦衷呢？苏墨不想说就算了吧。

"过来，我给你的脸擦药。"苏墨拉着夏彤彤坐到沙发上，一抹亚麻色的头发垂落在他额前，"脸还疼吗？"

"好多了……"

夏彤彤不自在地摸摸脸，像个小学生一样，乖乖地坐在沙发上，苏墨拿起一管绿色包装的药膏，用医用棉签轻柔地涂抹在她的脸上。

药膏冰凉凉的，苏墨如玉的面容神情专注，夏彤彤一双眼睛不知道该看哪里，脸颊酥麻麻的，感觉奇怪极了……

"好了，说吧。"苏墨一边抹药，一边闲聊似的开口。

"什么？"

"你不该在主持台庆晚会吗？到底发生了什么事？"苏墨蹙起乌黑的眉毛，"怎么才一会儿不见，你就多了个哥哥？他还唆使小混混来欺负你？"

"我……"夏彤彤眨眨眼睛，那种心痛的感觉再次袭来，让她的呼吸一滞，面对苏墨平静中带着淡淡关切的眼神，她的眼眶红了。她强忍着眼泪，把自己的身世和晚上发生的事说了一遍。

苏墨看着她，眼睛里多了一丝怜悯，其实他早就了解过夏彤彤的身世，但听夏彤彤亲口述说，他的情绪还是不禁被牵动了。

"没什么好同情的啦！"夏彤彤吸吸鼻子，扯出一抹牵强的笑，"我不觉得自己很惨，孤儿院的孩子们都很可怜，至少我还知道自己的父母是谁。"

苏墨犹豫了一下,伸手拍了拍她瘦弱的脊背:"你很好,每一个坚持梦想的人都值得被尊重。"

他安慰的话语有些笨拙,却带着一种难以言说的温暖,夏彤彤摇摇头:"我其实也有私心的……如果我爸爸还在这个世界上的话,我希望他有一天看到电视,会知道他的女儿在哪里。"

苏墨的心一下子被触动了,他用力将夏彤彤拥进怀里:"想哭就哭吧,不用忍着。"

夏彤彤身子一僵,苏墨低沉轻柔的嗓音从头顶上传来,这句话仿若魔咒,她再也忍不住,将脸深深地埋进苏墨的怀里,感受着一直期望的温暖,泪水沾湿了苏墨的衣襟……

"扑通、扑通……"

是谁的心跳声,安稳又沉重?

夏彤彤闭上了眼睛,苏墨的怀抱那么温暖,让她格外安心,她其实还有很多的疑问,比如苏墨的过往和来历。可是她又很害怕,苏墨和她就像两个世界的人,如果她知晓了一切,那他们还能像现在这样吗?

第六章

梦中的婚礼

阳光透过窗户照射进屋内,照得夏彤彤的身体暖洋洋的。

"嗯……"

夏彤彤翻了个身,她已经很久没有睡过这么踏实的觉了,柔软的床像棉花糖一样,她恋恋不舍地睁开眼睛,洁白的天花板映入眼帘,看起来是那么陌生。

"啊!"夏彤彤从床上惊坐起来。

前一天晚上的记忆涌入脑海,她想起来自己倚靠在苏墨怀里,哭着睡着了……是苏墨把她搬到床上的吗?

爬下床,夏彤彤刚走出卧室门,就闻到了一股诱人的香味,苏墨拎着一个牛皮纸袋,正从玄关处走进来,看到夏彤彤后,他愣了愣。

"醒了?我刚去买了早餐……"苏墨不自在地瞥了瞥手里的纸袋,"呃,我从没买过,你凑合着吃吧。"

夏彤彤心里甜丝丝的,笑容不由得格外灿烂:"我一定好好享用!"

在苏墨家度过的这个温馨早晨,让夏彤彤的心仿佛被治愈了一般,虽然她还没能从母亲去世的冲击中缓过来,但苏墨的安慰给了她重新振作起来的勇气。

吃过早饭,苏墨开车送夏彤彤回了家,换了一身衣服后,夏彤彤照常去电视台上班,工作人员们看到她后,聚在一起小声议论。

"看到了吗?就是她,昨天缺席台庆晚会的那个新人主持。"

"哇!新人就这么耍大牌?幸好陆镜蓝在,不然都不知道怎么收场。"

"不是说她妈妈病危吗?也是情有可原啦……"

听着这些话,夏彤彤心中像打翻了五味瓶,说不出的复杂滋味……台里的领导知道后虽然震怒,但好在夏彤彤没有造成工作失误,又在副台长陈御剑和王心监制的求情下,台里最后只处罚她写一份自我检讨书，扣掉一个月的实习工资。

这件事一出，其他制作人也不敢向夏彤彤邀约工作，生怕再出类似问题，因此除了《谁是大侦探》外，夏彤彤没有了别的工作要忙，几乎是一夜之间，她清闲了下来。她并没有气馁，反而是趁空闲时间和苏墨一起去了几趟山区的希望小学，给孩子们送了许多爱心牛奶和午餐，受到了粉丝们的一致好评。

《谁是大侦探》节目因为第一期非常惊艳，之后的几期收视率不断飙高，一跃成为彗星市电视台的明星节目。而陆镜蓝完美主持台庆晚会，赢得了许多观众的好感，当夏彤彤拿到最新一期节目的嘉宾名单时，虽然有过心理准备，但她还是慌了。

看着赫然在列的陆镜蓝的名字，夏彤彤的心本能地一沉，浑身的汗毛也都竖了起来。

生物书里曾说过，这种叫应激反应，当动物遇到天敌时会产生这样的反应。虽然陆镜蓝并没有对她做过什么过激的事情，但是她的潜意识里总觉得陆镜蓝很危险。

新一期节目录制，苏墨因为有事请假不能参加，台里请了临时代班的科学教授来。没了苏墨在身边，夏彤彤感到有些不安。这一期节目的拍摄地点在彗星市著名的梅湖湿地公园，闪亮如琥珀的湖泊边，栽种着大片的梅花林，每到冬季下雪时，红艳如血的梅花映在白茫茫的大地上，凌霜傲雪，让游客们惊叹不已。它还是著名的禽类保护湿地，优美的环境，让很多水鸟和稀有生物都选择在这座公园里过冬。

"快来！夏彤彤，这里还有黑天鹅！"

夏彤彤跟着节目组一大早就来到了梅湖湿地公园，这天的录制很顺利，比预想中提前结束了。工作人员在兴高采烈地收拾器材道具，站在湖边的陆镜蓝热情地朝夏彤彤招手，火红色的套装和香槟色的高跟鞋，将她的身材衬托得更加高挑性感。

不知道陆镜蓝葫芦里卖的什么药，夏彤彤犹豫了几秒，才硬着头

皮走过去。湖水上，三两成群的黑天鹅在慢悠悠地游动着，红掌拨动清澈的湖水，犹如一幅美妙的画卷。

"真好看。"夏彤彤不禁发出一声赞叹，陆镜蓝朝她露出邪魅的笑："是吗？我这儿还有更好看的呢。"

神秘地眨眨眼后，陆镜蓝拿出手机，从相册中翻出几张照片，在夏彤彤眼前晃了晃。

"你！"夏彤彤的脸色瞬间变得惨白，手机里居然是她在夜色下被人捂住嘴，强行塞进汽车里的照片。

那晚的画面还在夏彤彤的脑子里记忆犹新，一个多月前，她被陆镜蓝留下来加班，下班回家的路上遇到了绑匪，如果不是苏墨救下她，她现在还不知道会在哪里呢……

陆镜蓝怎么会有那时的照片？

夏彤彤震惊得久久没有说话，还没等她开口问，陆镜蓝便自行交代了："对，你想得没错，是我找人去绑架你的。"她的脸上挂着明媚的笑，从远处看过来，不管是谁，都只会认为她在和夏彤彤闲聊。

"你不过是个孤女，怎么配做我的对手？"陆镜蓝语气无比轻柔，"我本来只是想绑你一段时间，然后告诉领导，你辞职不干了……可没想到你运气还挺好，居然让苏墨救下了。"

"你……你怎么能这么恶毒……"看陆镜蓝轻描淡写地说着这些话，夏彤彤感到浑身冰凉。

"不止这个，台庆当天你的哥哥也是我找来的，他在网上发你的黑帖，我看到以后觉得好有意思哦！所以就拿钱给他，让他把你骗走，"陆镜蓝高挑着细长的柳叶眉，一脸得意，"不然我哪有机会取代你台庆女主持的位置？"

"你怎么能这么做？"夏彤彤怎么也没想到这件事竟然是陆镜蓝早就预谋好的，她想到自己受到的那些非议和委屈，一股怒火从胸口升起，气得大吼起来。

见有人看向这边，陆镜蓝顿时做出一副惊慌失措的样子："夏彤彤，你干什么？"

接着，一声尖厉的女声划破天空，所有人的注意力都被吸引了过去。

"扑通！"

只见陆镜蓝整个人掉进了湖里，仿佛一朵巨大的红色花朵在湖水中盛开。

"你……"夏彤彤惊呆了。

"夏彤彤你在干什么？快！拿救生圈救人！"

"好可怕！她是把陆镜蓝推下去了吗？"

"是真的，我看到了！夏彤彤伸手推人，陆镜蓝还拉了一把没拉住……"

周围的人迅速聚拢了过来，因为节目需要，在场的除了工作人员，还有很多普通观众，有人站在不远处偷偷拿起手机拍起了视频，还不时朝夏彤彤指指点点。

"不，我没有推她！"夏彤彤拼命辩解，"是陆镜蓝自己跳下去的！"

没有人想听夏彤彤的辩解，大家看向她的目光饱含着指责和鄙夷，陆镜蓝很快被人救了上来，她裹着毛毯瑟瑟发抖，目光里充满了恐惧。

"彤彤，就算你看我不顺眼，也不能把我推到湖里啊！"

陆镜蓝的哭诉一下子让围观的群众沸腾起来。

"哇！夏彤彤这么霸道？"

"把她挂到网上，让她红呗！"

大家七嘴八舌地议论着，不少"正义之士"将刚才拍的照片和视频放到了网上，配上夸张的文字，让网友们来"评评理"。

"我没有推你，你陷害我！"夏彤彤气得浑身发抖。

导演见事情越闹越大，充当起和事佬，安慰了陆镜蓝几句，赶紧让工作人员收拾东西回了台里。

坐在回市区的大巴车上，夏彤彤打开手机微博一看，陆镜蓝掉进水里的照片疯传，相关微博下都是几千条的评论。

愤怒的橘子：哇！现在的后辈好危险啊，都这么过分吗？

宇宙无敌美少女：我以前很喜欢夏彤彤呢，谁知道她这么凶啊！

无敌破坏王：女神露出了真面目吗？没想到啊……

第六章 梦中的婚礼

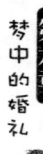

"怎么会这样……"

一口闷气憋在胸口,夏彤彤气得放下手机,她抬起头,这才发现自己周围的两排座位全是空的,同事们都坐得离她远远的……她居然成为大家避之不及的对象。

回到电视台后,还没等夏彤彤说什么,陆镜蓝倒恶人先告状,去王心的办公室把夏彤彤欺负她的事情哭诉了一通。随着这件事在网络上发酵得一发不可收拾,彗星市电视台的官方微博收到了许多人的留言和私信,声称夏彤彤职场霸凌,要求电视台开除她。

夏彤彤百口莫辩,第一次感到如此无助,她试图向王心解释,但在这种情况下,王心没办法只听她一面之词就偏向她,毕竟在场许多人都看到她把陆镜蓝"推进"了湖里。夏彤彤从没想过人可以恶毒到这种地步,陆镜蓝为了将她赶出台里,三番两次陷害她,煞费了苦心。她却没有任何办法,别说找陆镜蓝对质,王心都不准她们再见一面,生怕她再对陆镜蓝做出什么过激行为。

怀着憋屈又委屈的心情,夏彤彤好不容易熬到了下班,她步履沉重地走出办公室,刚跨出门,手机就"丁零零"地响了起来。看着屏幕上跳动着的"超级无敌雨神"几个字,她的心脏仿佛被一只无形的手紧紧攥住,快要无法呼吸。

"对不起。"她哽咽着按掉电话,此时她实在没有心情面对苏墨。

从办公室到电梯间不过短短一百米,一路上,工作人员都对夏彤彤避如蛇蝎,谁也不和她搭话。她孤单地走到电梯间门口,看着电梯门上映出自己单薄的身影,再也忍不住,眼泪如断了线的珠子落了下来。

"叮!"

电梯门打开了,一个熟悉的高大身影站在里面。一看到他,哭得泪眼蒙眬的夏彤彤张开双臂扑了过去。

"苏墨！"夏彤彤将头埋在苏墨的怀里，眼泪很快染湿了他的白衬衫。苏墨的怀抱温暖坚实，仿佛可以抵挡一切风雨。

"苏墨，我是不是真的很没用……都没人相信我……"

苏墨抿了抿薄唇："别担心，先回家休息。"说着，他蓝紫色的眼眸里掠过一道暗光。

每次只要他一离开夏彤彤的身边，夏彤彤就会出事，是不是有人看她太好欺负了？

夏彤彤回家时，已经哭得一点儿力气都没有了，她身心俱疲地躺在床上睡下了，等再次醒来时，窗外的天空已经夜幕低垂，星星黯淡寂寥，有气无力地闪着光。

手机微信提示振动个不停，夏彤彤拿起手机一看，是叶雨兮发来的信息，还有几个打来的未接电话。最近，叶雨兮人在国外参加时装周，看到网络上的新闻后，就焦急地第一时间联系她，可是她没有回应的勇气……

对不起，雨兮，等过两天，我再打电话联系你……

她回复了叶雨兮的信息后，关掉了对话页面，这时，她注意到王心两个小时前发来的信息——

彤彤，很遗憾，台里决定暂停你当前的所有工作，在事情调查结果出来之前，你在家静待台里的通知，这期间陆镜蓝会接替你的工作。

"不……"夏彤彤颤抖着手，觉得自己的世界轰然崩塌！

为什么……为什么是陆镜蓝接替？明明这一切都是陆镜蓝陷害的她啊！

我明白了。

回复完信息，夏彤彤绝望地闭上了眼睛，现在一切如陆镜蓝所愿，陆镜蓝成功地取代了她，成为《谁是大侦探》的女主持人。

她好不甘心！可是事已至此，她什么都改变不了……她没有证据能证明自己的清白，而在那样的场景和角度下，大家只相信自己所看到的一切，如今她所有的解释都成为开脱的狡辩之词。

接下来的两天，夏彤彤将自己关在家里，谁的电话也不接，谁的信息也不回，一遍遍刷着网络上关于她的恶评。

"可能我真的没有当主播的命吧。"她自嘲地笑着，不知不觉涌出的泪水模糊了她的眼。这时，门口忽然响起"笃笃"的敲门声。

这个时候谁会来找她，夏彤彤一点儿都不关心，她顶着一头乱糟

糟的发，穿着肥大的家居服，毫不顾及个人形象，就起身去开门。

"苏墨……"夏彤彤惊讶地望着站在门外的苏墨。

苏墨穿着一身黑色休闲套装，手中拎着一个纸袋，清晨的阳光透过楼道的窗户照在他的身上，逆着光，俊美的脸像被定格的电影画面。

说不上为什么，一看到苏墨，夏彤彤孤苦无依的心瞬间有了着落。

苏墨扬了扬手里的牛皮纸袋："给你买了早餐，吃完就回电视台上班。"

"回去上班？"夏彤彤怔住了，她一脸无法置信，"台里不开除我了吗？"

苏墨冷漠的脸上露出些许无奈："放心，你不会被开除的。陆镜蓝想抢走你的主持人位置没那么容易，台里决定暂停《谁是大侦探》这个节目。"

夏彤彤本以为按照目前的走向，她一个小小的实习生，声名狼藉，被电视台开除是注定的事情，可没想到竟然迎来了这样的反转。她知道如今这个结果，一定是这几天苏墨为她奔走努力了许多，她却躲在家里自暴自弃……

苏墨以为夏彤彤不甘心这样的结果，伸出一只手，揉了揉她的头发："放心，我不会让陆镜蓝再欺负你的。现在吃早饭吧。"

一瞬间，夏彤彤的脸发起烫来，就像着了火一般，她被苏墨牵着来到餐桌前乖乖坐下。她不敢再看苏墨，只低下头小口吃着苏墨带来的早餐。乌黑如墨的长发垂下来，遮住夏彤彤莹白如玉的脸庞，正庆幸苏墨看不到她窘迫的神情时，苏墨伸出手，动作轻柔地将她垂下的长发别到了耳后。

"扑通！扑通！"

夏彤彤的心跳猛地乱了节奏，耳畔还残存着苏墨指尖划过时带来的温柔，她忍不住想抬起头问苏墨："你会一直陪着我吗？"

可终究，她还是没有勇气……她害怕苏墨的回答会跟她期望的相反。

　　她默默地低着头，一面沉溺在这种暧昧的甜蜜感觉中，一面又不可避免地滋生出些许失落。

　　对于夏彤彤的重新出现，电视台里的很多工作人员都觉得不可思议……毕竟自从夏彤彤入职以来，就频频闹出了许多大新闻，就这样，她居然还能留在电视台里，让许多与她共过事的同事对她都心生偏见，敬而远之。"受了委屈"的陆镜蓝得到了许多新的工作机会，一直忙于其他节目的外景主持，夏彤彤连她人都见不到一面。

　　仇敌不在，也没有朋友，加上《谁是大侦探》暂时停播，无事可做的夏彤彤只能独自坐在电视台大楼的空中走廊下的小花园里发呆。

　　"丁零零……"

　　一阵手机铃声打断了夏彤彤的发呆，她接起电话，里面传来叶雨兮清脆的声音。

　　"彤彤，你终于肯接电话了！你现在怎么样？"

　　"没事，我很好……"听到叶雨兮关心的语气，夏彤彤的心里感到暖暖的，她将自己的近况告诉了叶雨兮。

　　"这样啊，我已经给你联系好了律师，咱们不能让那个女人得逞！我们要拿起法律的武器让她付出代价！"

　　"暂时算了，没有证据，打官司也是输掉，浪费诉讼费……"虽然不甘心，但夏彤彤只能息事宁人。

　　"好吧……不过幸好你们领导英明，没有被她骗了。我今天就回国了，等晚上下了飞机，立马带你去吃好吃的啊！不要想这些烦心事了！"安慰了夏彤彤几句后，叶雨兮挂断了电话。

　　无所事事地熬到下班，夏彤彤一个人走出电视台大门，一眼就看到站在门口等待她的叶雨兮。刚从国际时装周回来的叶雨兮打扮成普罗旺斯少女，穿着一条薰衣草碎花吊带连衣裙，头发扎成两个麻花辫，

不少人路过她身边时忍不住侧目。

"彤彤，总算等到你啦！"看到夏彤彤，叶雨兮一下子扑了过去，"你都瘦了，这两天一定很难挨吧？都怪我，没有陪在你的身边！"

"没事的，都过去了。再说，你不是马上就带我去吃好吃的吗？"夏彤彤一把抱住叶雨兮，看着闺蜜灿烂的笑脸，心里的郁闷顿时一扫而光。

"是啊，走！"叶雨兮拉起夏彤彤的手刚要走，眼角余光忽然瞥到什么，好奇地看向夏彤彤的身后，"彤彤，你的帅哥搭档出来了！"

苏墨？

光是想到这个名字，夏彤彤的心跳就漏了一拍。还没等她回过头，苏墨迈着大长腿，已经走到了她们的身旁。站在喧闹的电视台门口，苏墨犹如一道特别的风景，吸引了无数人的目光。

"下午好啊！我们要去吃饭，帅哥你要一起来吗？"叶雨兮热情地邀约苏墨，两眼放出八卦的光芒。

"雨兮，别这样……"

夏彤彤正想阻止，没想到苏墨竟然爽快地答应了："好。"

在苏墨的推荐下,他们来到了电视台附近一家装潢复古的西餐厅。餐厅里摆放着华丽的巴洛克式桌椅,桌上铺着咖啡色格子棉麻桌布,墨蓝色的玻璃花瓶里,木棉花低调地吐露着芬芳,老旧的猫头鹰座钟在一旁"嘀嗒嘀嗒"地左右摆动着,正如夏彤彤此刻的心情。

"苏墨,你的生日是什么时候呀?1月28日?那不是水瓶座吗!太棒了!"

"苏墨,听说你是大学教授,这么年轻就当教授,年轻有为啊!"

"苏墨,你和我家彤彤搭档工作,有觉得她工作时可爱吗?"

吃饭期间,叶雨兮一直问个不停,夏彤彤尴尬得一言不发,只能拼命往嘴里塞吃的。直到手机响了,叶雨兮才暂时作罢,起身去一旁接电话。

夏彤彤干笑几声:"哈哈哈……雨兮就是太活泼了,你别介意。"

苏墨挑了挑修长的眉:"关于你的事,我不觉得烦。"

听到这句话,夏彤彤的脸"唰"地染上了一层薄薄的绯色,心中小鹿乱撞,慌乱得不知道该说什么好。她低下头,眼角的余光看到苏墨在注视着她,他那双漂亮如宝石般的眼睛里带着一丝笑意。

为什么在苏墨面前,她总无所适从,像个笨蛋一样呢?

这时,接完电话的叶雨兮大呼小叫地跑了回来:"彤彤!彤彤!不好了!"

"怎么了?发生了什么事?"夏彤彤关切地问。

"我的一套婚纱作品被安德鲁·金大师看中了,"叶雨兮满脸郁闷,"他让我把成品照和试穿照发过去,如果成品效果好的话,这款作品就会被G&C买下来。"

"哇!这不是很好吗?安德鲁大师啊!"夏彤彤的眼睛一亮,哪怕像她这种对时尚品牌完全不感兴趣的小白,也听说过世界级大牌G&C和它的创始人安德鲁·金。

"可是，我本来预约好的模特刚刚打电话，说他出了车祸，短期内不能拍照了。"叶雨兮沮丧地叹了口气，"唉！怎么这么出师不利呢？"

"你别担心，模特还可以再找的。你跟安德鲁大师好好说明情况，他会理解你，多给你几天时间的。"夏彤彤轻轻拍着叶雨兮的肩膀，安慰着她。

"话是这么说，可是我不想给大师留下拖延的印象……"叶雨兮一只手沮丧地撑住脸颊，她的目光不经意间掠过苏墨那张英俊的脸，突然想起了什么似的，猛地侧过头，盯住夏彤彤看。

"雨兮……你怎么了？"夏彤彤被叶雨兮看得心里毛毛的。

叶雨兮忽然拉开椅子站了起来，一把抓住夏彤彤的手，以迅雷不及掩耳之势，放在苏墨那骨节分明的手背上。

"求你们两个帮个忙吧！"叶雨兮眨眨眼睛，露出一抹讨好的笑容，"求求你们了，行吗？"

第二天清早——

夏彤彤站在试衣间里，抱着一件雪白的婚纱，感觉自己的脑子里满是糨糊，晕乎乎的……虽然《谁是大侦探》节目暂时停播，她和苏墨时间都很空闲，可为什么苏墨会答应给雨兮当模特？而且还是婚纱照模特！

女模特是自己，男模特是他啊！

正胡思乱想间，试衣间的门突然被打开，夏彤彤吓得大叫起来。

"是我啦，是我！"叶雨兮连忙摆摆手，低声问道，"从实招来，你们两个到底是什么关系？那个苏墨对你好得过分……"

"别胡说！"夏彤彤一把捂住叶雨兮的嘴，唯恐试衣间隔音不好，被苏墨听到。

"啧啧……"身为贴心好闺蜜，叶雨兮马上就明白了现在的情况，她一把拍开夏彤彤的手，"原来你还在单相思呀！唉，这个苏墨长得真的很帅，就是人冷冰冰的，比不上江潮亲切！如果你喜欢他，一定会很辛苦……彤彤，你得想好才行啊！"

"我哪儿有喜欢……"面对叶雨兮的劝告，夏彤彤小声反驳。

叶雨兮知道夏彤彤口是心非，便摇摇头，不再说什么，专心帮她换起衣服来。

夏彤彤的心仿佛被什么东西撞了一下，酸酸的，涩涩的……她换着衣服，思绪越飘越远。

是吗？她喜欢上了苏墨？她之前从来没有仔细探究过这个问题，只觉得只要看到苏墨，就发自内心的开心，哪怕一句话也不说，只要待在苏墨身边，幸福感便油然而生。

这是喜欢的感觉吗……

走出试衣间，夏彤彤一眼就看到了坐在沙发上等候的苏墨，第一次见苏墨穿得这么正式，她不由得屏住了呼吸——灰色西装考究的设计和剪裁勾勒出他颀长挺拔的身材，梳起的亚麻色短发显得整个人清爽帅气，橘色灯光照在他身上，衬得他的五官更加英挺分明，就像从漫画中走出来的人物。

"哇！"叶雨兮激动得把夏彤彤推到巨大的落地镜前，又把坐在沙发上的苏墨拉起，与夏彤彤并排而立，"你们真的太般配了！"

夏彤彤看到镜子里的自己，一袭纯白色婚纱浪漫迷人，蕾丝层叠繁复，珍珠和钻石星星点点，散开的裙摆像盛开的百合花。

"婚纱好漂亮啊……"夏彤彤也情不自禁地感叹。

苏墨看着镜子里的夏彤彤，目光柔和，蓝紫色的眼眸仿佛盛满了世上所有星光。有那么一瞬间，夏彤彤感觉他们是一对即将举行婚礼的恋人，携手走向幸福美满的明天。

"太好了！安德鲁大师一定会被你们惊艳的！"叶雨兮满意地拍拍手，"时间也差不多了，我约好了摄影师。走，一起出发去拍摄地点吧！"

叶雨兮这一组婚纱拍摄的主题叫"时光",地点选在了富有艺术感的彗星市老城区街道,三个人从车上下来时,摄影师大哥已经到场准备了。

这是一条彗星市有名的古街,已经有七百多年的历史——长着厚重青苔的石板路,暗红色的斑驳古城墙,街道两侧高大的梧桐树连成一片,映衬出背景巍峨的古代建筑。

穿着婚纱和西装的夏彤彤与苏墨一出现,马上就成为游客和行人围观的焦点,有不少人举起相机拍照,一些市民认出了夏彤彤,朝着他们指指点点。

"哇!那个不是电视台的主持人……那个什么,彤彤吗?"

"是夏彤彤啦!我看了好几期她的《谁是大侦探》节目,旁边那个大帅哥好像是节目顾问,想不到他们两个是一对啊!"

"是啊,没想到他们居然在这儿拍婚纱照。夏彤彤好美!他们好般配啊!"

听着窸窸窣窣的议论声,夏彤彤的耳根子染上了淡淡的绯色,她不由得庆幸自己现在是带妆状态,脸上看不太出来异样。

苏墨却并不在意这些议论声,他迈着悠闲的步伐跟在夏彤彤身后,不时替她轻轻调整一下裙摆,让她不至于被绊倒。

"新人准备好了吗?要准备开始啦!"摄影师远远地朝他们喊了一声。

夏彤彤一愣:"我们不是新人啦。"

夏彤彤的反驳声太小,摄影师大哥没有听到,只顾着调整他的相机。站在她身旁的苏墨倒是听到了,他的薄唇弯起一个淡淡的弧度。

夏彤彤注意到了苏墨的表情,她仰起头去看苏墨,想问他在笑什么,这时"咔嚓"一声响起,刺眼的闪光灯一闪而过——

"哇!这个镜头不错!"摄影师大哥大声赞叹,快门声不断响起。

第六章 梦中的婚礼

叶雨兮见状早就溜得远远的，给两个人的拍摄留出空地。

"气氛真好，快，泡沫！"摄影师连忙朝叶雨兮挥手示意，叶雨兮立马启动了一旁的道具机器，很快，五彩缤纷的泡泡随着风飘过，将苏墨和夏彤彤包围。

泡泡落在夏彤彤的肩膀上，衬得她犹如一位纯洁的天使。一瞬间，苏墨再次从夏彤彤的瞳孔里看到了熟悉的场景——粉色的天空没有一丝的光彩，黑压压的乌云笼罩着大地，路上的行人全都面无表情，死气沉沉……

"太棒了！简直完美！"摄影师大哥拼命拍着照片，赞不绝口，"根本都不需要修图，这两个人真是天造地设的一对儿，太好看了！"

不过几秒，半空中的泡泡纷纷破了，苏墨还没来得及仔细研究，夏彤彤的瞳孔又恢复了清澈，再也看不到刚才那样神奇的场景。

"该死！"苏墨低咒一句，蹙起乌黑的眉毛，不明白为什么一到关键的地方，场景就消失了。

看到苏墨俊美的脸上神色忽然变得严肃，夏彤彤不知所措起来，偏偏不远处的摄影师还在指挥："你们两个靠近一点儿，男生的手搭在女生的肩膀上。对，就这样！"

苏墨温暖的手轻轻地揽在夏彤彤的肩膀，他身上清新的大海气味萦绕在鼻尖，让夏彤彤的胸口像揣了一只小兔子，上蹿下跳个不停。

两个人异常默契，让拍摄工作进行得格外顺利，原本计划好几个小时的拍摄只用了一个多小时就完成了。拍摄结束后，摄影师和叶雨兮两个人凑在一起，美滋滋地翻看着照片。

"哇！这张不错，彤彤的笑容真灿烂呀！像小太阳！"

"这张也很唯美啊，我还是第一次觉得工作这么轻松呢。男俊女美，最难得的是两个人有甜蜜幸福的感觉。"

夏彤彤被他们说得面红耳赤："哪……哪有啦……我和苏墨是节目搭档，所以有默契。"

默不作声的苏墨冷不丁说了一句:"你很好。"

"你很好。"

这句话仿佛一粒微小的种子,在夏彤彤的心中生根发芽,滋生出了一种只有她自己才能懂的微妙的喜悦。

第七章

走向你的单行线

水瓶座男友·仲夏骊歌 ①

为了帮叶雨兮拍照,夏彤彤请了一上午的假,吃过午饭后,她照常去电视台上班。在电视台里,夏彤彤又彻底回到了最初的打杂状态,整天无事可做,好心去别的节目组帮忙,却被人像踢皮球一样,踢来踢去。

气馁沮丧了几天,夏彤彤接到了叶雨兮的电话:"彤彤,上次你们帮忙拍的婚纱照被安德鲁大师看中了!我马上就成为彗星市的G&C设计师啦!这周末,我的服装工作室在时代商场开新店,你可要来帮忙啊!"

"哇!这么厉害,恭喜恭喜!"夏彤彤眼睛一亮,替好闺蜜开心,"我当然会过去帮忙,这还用说?"

"嘿嘿……一般一般啦!江潮说他有时间,也会过来帮忙呢,有你们这些朋友我才真幸福。"

握着手机的夏彤彤不由得一愣……江潮?

说起来,自从上次密室逃脱之后,她和江潮就没见过了,虽然他常常发微信过来,但因为烦心事太多,她一直没顾得上跟他多聊。

星期六一大早,夏彤彤捧着一束花来到时代商场,江潮也早就到了,他穿着一身水洗牛仔服,帅气地坐在人字梯上,帮叶雨兮贴装饰的花环和气球。

"好漂亮啊!"

漂亮的百合花和粉紫色气球,将整个空间装点得浪漫唯美,叶雨兮将开业的橱窗服饰展示定为新款婚纱。为了宣传,叶雨兮将夏彤彤和苏墨的照片放大成海报,贴在店里,两个人在如梦似幻的泡泡中深情对视的场景,吸引了不少顾客。

"开门红呀!"叶雨兮笑容满面,"彤彤,真是多亏了你和苏墨,下次见到他,我要请他吃饭!"

夏彤彤的脸腾地红了,一旁的江潮注意到夏彤彤的反常表现,他抬头看了一眼店内的海报,温柔的眼眸里光芒闪烁了一瞬,随后变得坚定

第七章 走向你的单行线

起来。

忙了一上午，好不容易等到午休时间，原本叶雨兮要请他们吃饭，恰好遇到客人来试衣服，她只好让江潮和夏彤彤两个人先去西餐厅，别错过了她提前预订好的位置。

害怕夏彤彤被粉丝们认出来，叶雨兮还贴心地为她准备了一副墨镜。

"彤彤，我有话跟你说。"走到时代商场外的喷泉前，江潮忽然从身后拉住夏彤彤的手。

夏彤彤诧异地回过头："啊？"

江潮坚定地看着夏彤彤，此刻喷泉正随着音乐起舞，喷泉的水雾轻柔地洒在夏彤彤的头发上，衬得她眉目如画，格外美丽。

"彤彤……"江潮深吸一口气，"我知道这很突然，可是……可是我觉得自己忍耐不下去了！我必须要告诉你，我喜欢你！"

江潮的声音并不大，但每一个字都说得很清晰，夏彤彤的身体蓦地僵住了，她怀疑起自己的耳朵，以为是自己听错了。

"你说什么？"

"我说……我喜欢你，我一直都很喜欢你！"

江潮又认真地重复了一遍，他轻轻地往前迈了一步，夏彤彤却下意识地退后了一步。

时代商场前的广场，行人步履匆匆。这里是彗星市最热闹的商业区，周末人流如织，因为江潮引人注目的外貌，很多人都注意到了站在喷泉前的这对男女。这时，一位身材高挑，穿着娇俏可人的女生正好经过，看到江潮的一瞬间，漂亮的眼睛里迸发出一丝惊喜。

女生正要开口叫住江潮，目光不经意地扫过江潮对面的夏彤彤，她愣住了。

"那个……"夏彤彤心慌极了，她从来没有被人表白过，不知道该如何应对。不过她心里很明白，她对江潮一点儿朋友之外的意思也没有。

"彤彤，我知道自己这样很唐突，但我对你是认真的！从我们相遇

的那天差点儿撞到你后,我就很在意你了……"

江潮的声音有些发颤,他从来没想过自己会有这么一天,面对一个女生如此忐忑无措:"所以请你认真考虑一下,不要马上拒绝我……"

"我……"夏彤彤咬咬嘴唇,脸上的神情为难极了。

"哇!原来是当众表白啊!"

"真有勇气,被这么帅的男生喜欢,突然好想看看对面戴墨镜的女生长什么样子。"

"答应他啊!在一起!"

在围观群众的起哄中,女生的一张俏脸变得惨白,妩媚的丹凤眼中也泛起了一丝红。

夏彤彤微微皱了皱眉,她不想让江潮在这么多人面前丢脸,但如果此刻答应下来,江潮会误会她的意思,以后就更难说清楚了……犹豫了几秒后,她还是决定快刀斩乱麻。

"对不起,江潮。你是一个很好的朋友,但我已经有喜欢的人了。"夏彤彤深吸一口气,脑海中不由自主地浮现出苏墨那高大的身影,"谢谢你,你值得比我更好的女生。"

江潮苦涩地一笑,眼中的光芒渐渐熄灭了:"我知道了……是我太突然,对不起。"

眼前的发展不符合先前热烈的气氛,围观的人们面面相觑,彼此都感觉很尴尬……人群渐渐散开后,只剩下女孩站在原地,她的眼眶绯红,双唇也抿得紧紧的。

夏彤彤注意到了女生的存在,她发现女生一直盯着江潮看,于是问江潮:"江潮,那个女生是你的朋友吗?她一直在看你。"

随着夏彤彤手指的方向,江潮转过头,看到女生后,他俊朗面容上的神情立马从失落变成了无奈:"陆菁菁,怎么又是你?"

"江学长……"那位叫陆菁菁的女生一脸悲伤,眼含着泪光,带着恨意看着夏彤彤,仿佛被抢走了最珍贵的东西。

第七章 走向你的单行线

江潮压根不想理睬她，拉住夏彤彤就往前走："我们走吧，不然错过雨兮订的位置，她非气死不可。"

"可是……"夏彤彤指了指身后的陆菁菁，江潮不耐烦地回道："不用管她。"说完，他头也不回地拉着夏彤彤离开了。

夏彤彤回头看了一眼，只见陆菁菁的眼睛死死地盯着她，眼睛里仿佛能喷出火来。

陆菁菁的眼神让夏彤彤感觉很不好，她隐隐担心起来，自己不会因此惹上什么麻烦吧……

耽误了一阵子，等夏彤彤和江潮来到餐厅时，叶雨兮已经坐在位置上等候了。

"怎么这么晚？"叶雨兮边看菜单边埋怨，"我等得黄花菜都凉了，你们两个人不是背着我偷偷约会去了吧？"

"哪有！我们……我们只是在路上遇到了江潮的学妹，一个叫陆菁菁的女生，所以耽误了点儿时间。对吧，江潮？"夏彤彤连忙辩解。

夏彤彤贴心地隐瞒了江潮告白失败的事实，却让江潮的心情更郁闷了。

"陆菁菁？"叶雨兮一听到这个名字，就惊奇地放下菜单，"是那个很爱吃醋的女生吗？上次我买了很多衣料和饰品，自己一个人拿不动，所以拜托江潮开车送我。那个陆菁菁看到了，一直用杀人的眼神瞪着我，我现在想起来都心有余悸。她是不是什么反社会人格啊……"

"你说得太夸张了吧！"夏彤彤摆摆手。

一提起陆菁菁，江潮的脸色就变得很不好看，一副很烦恼的模样："陆菁菁是我在国外上学时认识的学妹，当时因为同是彗星市人，所以我们经常一起喝喝咖啡。可跟她相处久了以后，我觉得她很奇怪。只要一说起她研究的课题，就简直变了一个人似的，神神道道的，非常疯狂……她还非要拉着我去参加什么'五芒星'协会，据说是研究什么超自然能力者。我一点儿都没兴趣，觉得跟她聊不来，就渐渐和

她疏远了。没想到回国以后,她找到我开的店,一直纠缠着我,多次拒绝也不听,很烦人。"

超自然能力?

说者无心听者有意,夏彤彤的心里"咯噔"了一下,她还没来得及详细问,就被叶雨兮抢过了话头。

叶雨兮鄙视地瞪着江潮:"什么纠缠……人家这明明是在追你!"

"我不喜欢她,我心里已经有喜欢的人了。"说完这句,江潮抬起头看向夏彤彤,夏彤彤猝不及防地和他四目相对,一时感到尴尬,赶紧移开了目光。

"不过,"见夏彤彤这副反应,江潮的目光黯淡了下来,他主动转移了话题,"对了,我听陆菁菁提过一嘴,说她的表姐是陆镜蓝,就是彤彤的同事……"

"什么?"一听到陆镜蓝,叶雨兮的火气立马上来了,"陆镜蓝害得彤彤这么惨,你居然还招惹她表妹?"

"不是我要招惹她啊,我也快被她烦死了……"

"不要紧的!"夏彤彤帮江潮说话,"雨兮,陆菁菁和陆镜蓝是两个人啊。而且江潮交什么朋友,是他的自由。"

第七章 走向你的单行线

另一边，陆菁菁坐在餐桌前，面对着一桌美味佳肴，她毫无食欲。她没想到和表姐陆镜蓝约好一起吃饭，却无意中撞见江潮向别人告白，这件事彻底扰乱了她的心情。

"怎么了，菁菁？你怎么不吃啊？"见状，陆镜蓝关切地问，"是身体不舒服吗？"

"姐，我好难过！"陆菁菁一推碗盘，趴在桌上哭了起来，"呜呜呜……我喜欢的人，今天跟别人告白了！"

"别哭，别哭！是谁这么不长眼，姐姐去给你出气！"

陆镜蓝慌忙坐到陆菁菁身边，揽住陆菁菁的肩膀安慰起来。陆菁菁抬起头，满脸泪痕地抓住陆镜蓝的手臂："我想起来了……我认识她！难怪她戴了墨镜我也觉得面熟，江潮叫她彤彤！她就是你们电视台的那个新晋女主持，你很讨厌的那个夏彤彤！"

听到夏彤彤的名字，陆镜蓝妆容精致的面容上露出咬牙切齿的神情："夏彤彤……又是她！"

陆菁菁擦了擦眼泪，愤恨道："表姐，她抢了你的节目，又跟我抢喜欢的人……我真的咽不下这口气！我一定要好好收拾她！"

"别冲动。"陆镜蓝深吸一口气，脑海里浮现出苏墨那张俊美冷漠的脸，"你以为我没试过吗？但这家伙背后有个神秘的靠山，苏墨……"

她两次找人绑架陷害夏彤彤，都被苏墨阻止了，在台里针对夏彤彤的阴谋也被苏墨一一化解。她曾试图调查苏墨的背景，可苏墨这个人就像凭空出现的一样，根本查不到半点儿来历。

"姐，这个人有什么问题吗？"陆菁菁嗅出了不一样的味道，神情变得狠厉，"需不需要我……"

陆镜蓝摇摇头："你斗不过他，这个人很奇怪，每次夏彤彤一有人身危险他就及时出现，我现在有点儿怀疑他的身份。"

"你是说……"陆菁菁的眼睛一亮，"他拥有超自然的能力……"

"我只是怀疑,还没有证据。"陆镜蓝沉吟片刻,娇媚的脸上慢慢浮出一抹笑容,"不过,虽然我们不能直接对夏彤彤下手,但我们可以从其他方面入手……"

夏彤彤本以为被网友误会职场霸凌陆镜蓝这件事会随着时间的流逝而告一段落,没想到网上鞭挞她的声音甚嚣尘上,还出现了很多纯属杜撰的离谱新闻——

《十八线女主播因何上位?意外走红是蓄谋还是巧合》《为了成名,她居然做出这种事》《史上最厚脸皮女主播,非她莫属》。

一时之间,"夏彤彤"这个名字再次被推到了舆论的风口浪尖。

"这群人到底是什么啊?像见到了食物的苍蝇,揪住你就不放了!恶心!"

电话里,叶雨兮义愤填膺地说着,她的声音中夹杂着很多喧闹声和催促声。夏彤彤听得出来叶雨兮很忙,赶紧催她挂电话:"好了,我没事,这些无聊的人很快就会散掉的,你去忙你的吧。"

两个好闺蜜又匆匆聊了几句,就挂断了电话,听着手机里传来"嘟嘟"的忙音,夏彤彤怔愣了好一会儿,才放下手机。

自从叶雨兮成为G&C的签约设计师之后,她变得非常忙碌,已经一个多礼拜没有来夏彤彤的家了。如果叶雨兮来看一眼,是绝对不会相信夏彤彤所说的"没事"的。

"唉……"站在楼道的阶梯上,夏彤彤长长地叹了口气。

她家门外的墙壁上,全是被人泼上的油漆,其中还有不少鲜红色的大字——

夏彤彤不要脸!

离开电视台!

滚出彗星市!

诸如此类的文字层出不穷,原因是有好事之徒在网上爆出了夏彤彤

第七章 走向你的单行线

的住址。因为网络新闻里写夏彤彤"陷害"了很多电视台的主播，因此很多极端粉丝纷纷过来泄愤，在楼道里到处乱写乱画，邻居的投诉电话都打爆了。

"别看。"

一双温暖的大手伸过来，蒙住夏彤彤的眼睛，随即，苏墨那低沉富有磁性的嗓音从她的身后响起。

不知道为什么，听到苏墨的安慰，夏彤彤本来一直强忍的眼泪一下子决了堤，"唰"地流了下来："苏墨，谢谢你……"

由于夏彤彤家的地址已经暴露，害怕有坏人来骚扰，苏墨将夏彤彤接到了自己家暂住。这次夏彤彤想回来拿几件换洗衣服，也是苏墨开车送她过来……要不是这几天苏墨始终不离不弃地陪伴在身旁，夏彤彤简直不知道该怎么办才好。

"别哭了，一切都会过去的。"苏墨轻轻擦掉夏彤彤的眼泪，语气中带上了自己都没察觉到的温柔。

"谢谢你，真的很感谢……"夏彤彤转过头，眼里闪着泪光。

苏墨蓝紫色的眼眸里翻涌起许多情绪，复杂深奥，他抿了抿嘴没有说话，夕阳细碎的光透过楼道的窗户照在他的脸上，勾勒出他轮廓分明的五官，犹如一尊优美的雕像。

内心的情感仿佛决堤的洪水，冲破夏彤彤的心防，倾泻而出。她盯着那双蓝紫色的眼眸，那双可以装下所有星光的眼眸此刻只映出自己的影子，她意识到她的心早已容不下别人。

"苏墨……"

夏彤彤再也按捺不住自己的感情——

"我……我喜欢你！"

苏墨的双眸猛地震动了两下，他那总是带着冷漠神情的面容上，浮现了一层可疑的绯色。

"你……"他想说什么，然而那张薄唇轻启之后又紧紧抿上了。

夏彤彤也被吓了一跳,她没想到自己居然说出来了!

看到苏墨的反应,她心里燃起希望,把心一横,深吸一口气,一鼓作气地说:"我真的喜欢你,好喜欢你!"

也许是从苏墨第一次救她开始,也许还要更早……不知道什么时候,他就已经在她的心里留下了深深的影子。

苏墨,谢谢你出现在我的生命里……即使生活挫折不断,困难接踵而来,因为有你,全都变得令人期待……

"扑通!扑通!"

不知是谁的心跳,如此杂乱无章,仿佛交织着狂喜与悸动。夏彤彤踮起脚尖,轻轻朝苏墨靠拢了过去……

"咔嗒。"

夏彤彤不小心踩到地上的杂物,发出一声轻微的响声。

一言不发的苏墨仿佛瞬间被唤醒了一般,他蓦地按住夏彤彤的肩膀,声音里听不出情绪:"对不起,我不能接受你。"

夏彤彤的身体顿时僵住了,她错愕地望着苏墨:"你……你不喜欢我?"

"不要胡思乱想。"苏墨拍了拍她的肩膀,答非所问道。他白玉般的脸上,那一丝红晕消散不见,冷漠的神情就像初见时那样,不知道是不是自己的错觉,夏彤彤在这双清冷的眼眸里看到了一丝悲伤。

突如其来的告白，又被莫名其妙地拒绝，夏彤彤和苏墨之间的关系变得很微妙，特别是之后苏墨对待夏彤彤的态度和之前没什么两样，这让夏彤彤的心七上八下，困惑不已。

"啊啊啊！"回到苏墨家，夏彤彤把自己锁在了房间里，她苦恼地捶着枕头。

她真的想不通，苏墨到底在想什么……如果不喜欢她，苏墨为什么要对她这么好？

而且不知道是不是她的错觉，苏墨在拒绝她之后，对她似乎更加体贴了。回来在车上，苏墨俯身过来帮她系安全带时，夏彤彤觉得自己紧张得心跳都要停止了。

为什么苏墨拒绝了她，又要做一些让她胡思乱想，心生期待的事情……

"叮咚！"

正郁闷时，手机响了一声，夏彤彤拿起手机一看——

"陆镜蓝？"

作为彗星市电视台的员工，她一入职就跟大家交换了微信，方便工作上的联络，其中也包括陆镜蓝，可是因为两个人的关系一直很差，所以从来没有聊过天。陆镜蓝突然没头没尾地发一条微信来，是想干什么？

夏彤彤打开微信一看，是一则电视台的内部通知。

最近因为夏彤彤的负面新闻太多，热度一直降不下去，抵制她的观众越来越多。出于对彗星市电视台的形象和收视考虑，高层一致决定，重启《谁是大侦探》，女主持人彻底换掉夏彤彤，由陆镜蓝全权接替。这个星期日的上午十点，彗星电视台将举办新闻发布会宣布这件事。

"怎么会这样……"夏彤彤像被人猛打了一记闷棍，整个人都蒙了。

她下意识地想找苏墨商量办法，刚从床上坐起来，忽然想起来苏墨才拒绝了她的告白，现在她又去麻烦他，会很讨人厌吧。

毕竟他们，只是朋友……

强忍住心头的失落与懊恼，夏彤彤独自一人想了很久，最后决定亲自去参加这场发布会。《谁是大侦探》这个节目是她的心血，就算是要换人，她也要去看一眼！

星期天很快到来，夏彤彤起了个大早，穿上风衣，戴上墨镜，做好乔装便出门了。她来到新闻发布会场地时，现场已经布置得整整齐齐，陆镜蓝穿着一件银灰色开叉长礼服，坐在嘉宾席上，身后是《谁是大侦探》的巨幅海报，笑得一脸春风得意。

媒体记者来了不少，夏彤彤的入场像个幽灵，没有引起任何人的注意。她找了张位置最偏僻的椅子坐下，仔细端详起台上的陆镜蓝来——她化着浓重精致的妆容，卷翘的睫毛跟小扇子一样密，上挑的眼尾旁点缀了几个银色的星星，显得妩媚又强势。发布会还没开始，有很多摄影师已经将镜头对准她，"咔嚓咔嚓"地拍了起来。

这时，一个熟悉的高大身影走到陆镜蓝的身旁，那人手里端着一杯水，嘴边噙着一抹微笑，俯下身在陆镜蓝的耳边低语了几句，样子很是亲密。陆镜蓝先是一愣，接着笑靥如花地接过水杯喝了一口。两个人的举动引发了现场记者们的小声议论，相机的快门声也此起彼伏地响了起来。

"那不是《谁是大侦探》的科学顾问吗？看起来他跟陆镜蓝之间有情况啊。"

"联合炒作吧。之前他跟夏彤彤在节目上不也很暧昧吗？现在的观众很吃CP（人物关系配对）这套的。"

"谁知道呢？说不定真的有什么。"

听着周围人的议论，坐在最后一排的夏彤彤险些叫出声来。她不敢置信地瞪着苏墨，从来都那么吝啬表情的他，居然在跟陆镜蓝有说有笑。

她忘了，她本来以为只是失去《谁是大侦探》的主持人位置，现在才惊觉,她还失去了跟苏墨搭档的机会。从此之后,在节目里,站在苏墨身旁的女生,不再是她……

是她误会了吧,苏墨不只对她好,也许他对哪个女生都那样,那可能只是他绅士风度的展现。她却自作多情,以为苏墨也对她有感觉。她闹了一场笑话,像个跳梁小丑一样……

如此想着,夏彤彤的眼眶慢慢蓄起了泪水,她强忍着,没有让泪水滑落。

陆镜蓝喝完水,将杯子还给苏墨,苏墨接过来,起身离开时,不经意间往夏彤彤这边看了一眼。他锐利的目光直直落在夏彤彤的脸上,抿紧薄唇,面无表情地朝她轻轻摇了摇头。

夏彤彤没看懂苏墨这个动作是什么意思,茫然地看着苏墨拿着水杯离开。

新闻发布会正式开始了,现场主持人说完开场词,一一介绍出席发布会的嘉宾后,便是嘉宾的致辞。轮到陆镜蓝时,她娉婷袅娜地站起身,拿起话筒——

"欢迎大家来参加《谁是大侦探》的新闻发布会!我是陆镜蓝,代表彗星电视台,向在场的各位致以诚挚的问候!"

"哗啦啦……"

雷鸣般的掌声响起,陆镜蓝露出得意的微笑。等台下的掌声平息后,她握住话筒刚想说什么,却突然之间合上了嘴。

"怎么回事?"

"怎么停下了?是话筒故障吗?"

台下的媒体记者议论纷纷,坐在嘉宾席上的彗星市电视台的高层领导也露出疑惑的表情,工作人员当即检查现场设备,看是哪里出了问题。

这时,陆镜蓝开了口。

"我一直想当最红的女主持人,"陆镜蓝的声音机械,音调平稳得像一个没有感情的人,"没有人可以阻挡我的路。夏彤彤算什么?居然

想跟我争?"

　　台下顿时陷入一片寂静,就连一根针掉在地上的声音都能听见,大家都吃惊地看着陆镜蓝,谁也没想到她会如此直接地说出这种话……

　　一个女记者第一个反应过来:"陆镜蓝小姐,网上关于那些夏彤彤主持人的负面消息,您知道吗?原本《谁是大侦探》的主持人是夏彤彤,怎么会突然变成您呢?"

　　陆镜蓝眼神空洞地回答:"那是因为我故意惹怒她,陷害她推我下水,花钱雇人拍下视频,在网上四处散播,才把夏彤彤从节目里赶出去……这个节目本来就该是我的!"

　　这些"直言不讳"的话一出,就像一滴水掉进了油锅里,整个会场一片哗然。

　　夏彤彤震惊得嘴巴都要合不上了。陆镜蓝这是怎么了?做这种自杀式自曝。

　　"什么?这些都是您一手策划的?"

　　"除此之外,我曾经找人绑架过她,想拍下不雅照威胁她。我还联系了她同母异父的哥哥,害她失去主持台庆晚会的机会。还有,我雇了很多水军写黑帖黑她……"

　　陆镜蓝的表情时而得意时而狰狞,观众席的记者从最初的震惊中回过神来,纷纷开始拍照、录像、提问。

　　"您一直以来都是靠这种方法获得主持节目的机会吗?"

　　"不,我还给领导送过礼,花了很多钱。"

　　"那您为什么会突然站出来自曝这个丑闻呢?是因为良心发现,觉得自己对不起夏主播吗?"

　　"什么良心?这个节目本来就是我的!"

　　对于记者的提问,陆镜蓝有问必答,所有人都没想到,眼前这个美艳动人的女主持人,居然有着蛇蝎一样的心肠!

　　"陆镜蓝你疯了吗?"坐在一旁的台长焦躁不安,对台下候场的现场负责人说,"快!快带她离开,别让她说了!"

眼看陆镜蓝的发言越来越失控,台长紧急叫停了新闻发布会,两个人高马大的保安将陆镜蓝拖了出去。

一股凉意从夏彤彤的脚底升起。

陆镜蓝怎么会突然这么做?这是怎么一回事?

不经意间,她的目光扫过发布会现场大厅的柱子旁,苏墨站在角落里,半边英俊的脸隐藏在黑暗中,光与影交织在一起,衬得他越发神秘莫测。

陆镜蓝的自杀式自曝引起了轩然大波,她当主持人已有两年,本来累积了一批粉丝,可现在粉丝们纷纷宣布脱粉,都关闭了粉丝后援会。由于她的自曝,其他也遭到过她的"特殊待遇"的同事也纷纷站了出来。一时间,网络上涌现了很多声讨陆镜蓝的帖子,她成了人人喊打的过街老鼠。同时,网友们知道了之前夏彤彤职场霸凌事件都是陆镜蓝精心设计的误会,大家自发地为夏彤彤平反——

橙子雪:和那个阴险的陆镜蓝比起来,夏彤彤才是一股清流!强烈呼吁恢复夏彤彤的职位!

蓝色海洋:夏彤彤,我们支持你!

大脸猫爱吃鱼:夏彤彤一直有去希望小学送牛奶早餐,她是一个默默做公益事业的人,真的很不错!

第二天,一则通告挂在了彗星市电视台官网的首页上,宣布彻查陆镜蓝,暂停她的一切工作,恢复夏彤彤的职务和工作。

一场闹剧就此落下帷幕,夏彤彤的工作恢复了正常,重新主持起《谁是大侦探》节目。除此之外,原本属于陆镜蓝的工作也全都由她接替。这些天,陡增的工作量让夏彤彤忙得焦头烂额,脚不沾地,根本没有时

间和苏墨单独相处。不用尴尬地面对苏墨,这让夏彤彤心下既感到松了一口气,又有一丝失落。

这天的节目录制结束后,夜幕已深,夏彤彤揉着酸涩的眼睛与同事们一一道别,背起包疲惫地走出电视台的大楼,连续录了几天的节目,她感觉自己的精力都被透支光了。

"彤彤。"

突然,一道熟悉的女声从身后响起,夏彤彤停下脚步,扭过头一看,发现居然是陆镜蓝叫住了她。

陆镜蓝穿着一件粉色的连衣裙,素雅的脸上没有涂任何脂粉,她的长发散在肩头,低头站在那里,退去了往日咄咄逼人的气势,显得格外苍白柔弱。

"你找我有什么事?"夏彤彤警惕地后退了两步。

陆镜蓝低头看着自己的鞋子,脸上的表情很悲伤:"对不起,彤彤。我知道错了,这几天我想了很多,我不该那么对你……可是我从小就想当主持人,辛辛苦苦进了电视台,好不容易有了一点点名气,我以为我可以成功了,但是你从天而降,抢走了很多机会。我以为你有背景,所以才会针对你……对不起。"

说着,陆镜蓝的眼泪就落了下来:"你才大学刚刚毕业,就主持了台里的重磅节目《谁是大侦探》。而我来了两年,都还没有你这样的成就。所以我才嫉妒你,才会做错事,对不起!"

夏彤彤皱起了眉头,理智告诉她不能轻易相信陆镜蓝的话,但看她这副楚楚可怜的样子,自己的心里确实有些不忍。

"错了就是错了,我不能原谅你,"夏彤彤深吸一口气,"这些都不是你做坏事的理由。"

"对不起!我只想向你赔罪,毕竟今天,可能是你最后一次见到我了……"陆镜蓝背过身去,声音里充满了无奈和悲伤。

"最后一次?为什么?"夏彤彤诧异地问,她没有看到转过身去的陆镜蓝的唇角弯起了一抹冷笑。

"当然是……因为你的末日到了呀！"

陆镜蓝的声音忽然变得兴奋高亢，一瞬间，夏彤彤只觉得自己后背的汗毛都竖了起来，她刚想要回头，忽然一阵剧痛从脖颈袭来。

"砰！"

夏彤彤顿时倒在地上，昏死过去。

黑暗中，她独自一人走在一条银色的道路上，脚下是星星组成的河流，闪烁的星星像沙砾那般，让人无端端感到凄美。不知道走了多久，夏彤彤累得快要走不动了，她忽然看到一个熟悉的高大身影，那人站在不远处的光影里，背对着她，缓慢地往前走着。

"苏墨！"夏彤彤心中一喜，大声呼唤着苏墨的名字。

苏墨仿佛没有听到一般，继续往前走着，夏彤彤疾步追上去，却怎么也追不上他的脚步……终于，苏墨停了下来，转过身看她，目光深邃而沉郁。

"别追了，彤彤，我要离开这个世界了。"

"不要走！"苏墨的身影渐渐消失在光影里，夏彤彤忍不住绝望地大叫出声。

夏彤彤猛地睁开眼睛，星星银河已经消失不见，映入眼帘的是灰色的天花板。

原来是梦啊……她暗暗松了口气。

"咦？这么快就醒了？看来刚才那一下打得不重嘛。"

戏谑的女声在空旷的房间里回荡，先前的记忆涌入夏彤彤的脑海……

"当然是……因为你的末日到了呀！"

陆镜蓝兴奋高亢的声音仿佛还在耳边，夏彤彤猛地弹坐起身，发现自己被绑在一张椅子上，脖子和手腕传来一阵剧痛。她目及之处一片狼

藉，到处丢弃着废弃的机器和垃圾，锈迹斑斑的天花板上挂着厚重的蜘蛛网，空气中混合着灰尘和汽油的难闻气味。

陆镜蓝脸上挂着得意的笑容，身边站着一个穿着白大褂的俏丽女生，两个人的面容有七分相像。

夏彤彤回想起来了什么："是你？"

俏丽女生正是江潮口中一直纠缠他的学妹，陆菁菁！

"哈哈哈，是我。"陆菁菁露出不屑的笑容。

"这是哪里？"夏彤彤不安地挣扎着，"你们抓我来想干什么？"

"没想到吧？你也有这样一天！"陆镜蓝的笑声变得狰狞起来。

夏彤彤气愤地瞪着陆镜蓝，心下不禁懊恼，陆镜蓝的本性狡猾残忍，自己怎么还是轻信了她呢？

"丁零零……"

夏彤彤的手机响了起来，布满灰尘的地上，陆菁菁俯身捡起她的包，从包里掏出手机，一看备注，哧笑了一声。

"超级无敌雨神？这是你给苏墨的备注吧，他可是第一时间打过来电话了呢。"说着，陆菁菁直接按下了手机的关机键。

眼睁睁地看着陆菁菁将自己的手机关机，夏彤彤焦急地大叫起来："你们到底想干什么？"

"想干什么？"陆菁菁随手将夏彤彤的手机一扔，冷冷地抬起右手腕，看了看表，"现在就测试一下，你那位'无敌雨神'什么时候来吧。"

第七章 走向你的单行线

"我们五芒星协会已经成立了几十年,我在国外学习的也是超自然课题研究……"

等待苏墨出现的空当,陆菁菁慢条斯理地向夏彤彤普及起这个叫作"五芒星协会"的组织。

"作为一个普通人,我对世上一切超自然现象都充满了好奇,可惜……在我入会五年以来,还从来没见过一个拥有超自然能力的人。"

"《谁是大侦探》的新闻发布会上,我姐无缘无故袒露自己曾经干过的那些事。经过我们的技术检测,我姐的身体里并没有任何药物残留,我姐正是喝了苏墨递给她的水才变成这样的。而每次你出事,苏墨都会及时救下你。这次,我倒要看看苏墨身上有什么古怪!"

陆菁菁的眼里闪烁着可怕的光,令夏彤彤感觉毛骨悚然,她用余光悄悄观察四周,想要找出可以逃出去的出口。她发现这里乍一看像是一个废弃的工厂,但厂房里乱七八糟地堆积着很多造型古怪的机器,特别是四个角落,都摆放着一个半人高的银色金属圈,好像是一种实验台。

这个地方真的很不对劲……苏墨千万不能来!

夏彤彤正在心里默默祈祷着,只听见"砰"的一声巨响,厂房的门突然被人从外面大力踹开。地上扬起阵阵尘土,一个熟悉的高大身影出现在门口。

"苏墨,不要进来!快走!"夏彤彤焦急地大声呼喊。她从来没有像现在这样不想看到苏墨,她不想他因为她出事。

"男主角登场很快嘛!"陆镜蓝双手抱在胸前,一脸兴奋。

苏墨没有吭声,他缓缓地走了进来,白皙俊美的脸上没有表情,蓝紫色的眼睛如同最寒冷的冰川……这些天他尽量不使用自己的能力,想要快点儿恢复到巅峰时期,好带着夏彤彤离开,完成万立国王交代给他的任务,因此疏忽了对夏彤彤的安全保护。苏墨没想到他只不过与夏彤彤分开一会儿,夏彤彤就出事了!

"五年了,我从没有遇到过拥有超自然能力的人!苏墨,向我证明你的能力吧!"陆菁菁看着苏墨的眼神充满了激动。

看着陆菁菁状若癫狂的样子,夏彤彤目瞪口呆,而一旁的陆镜蓝似乎已经习以为常……难怪,江潮说陆菁菁研究课题时会变成另一个人,这样的陆菁菁太恐怖了!

"放了她。"苏墨冷冷地说。他蹙起乌黑的眉毛,感觉这里很危险。

"放了她可以,不过,先向我证明你的能力!"陆菁菁迅速从口袋里掏出一个小巧的遥控器,按下了上面的红色按钮。

"砰咚!"一束激光从苏墨身前不远处的机器中射出来。

苏墨灵活地闪身避开,尘烟散去,在他先前站立的地方赫然出现一个拳头大的坑洞!

"陆菁菁,你疯了!"夏彤彤吓得大叫起来。

陆菁菁看都不看夏彤彤一眼,两眼放光地对苏墨说:"身手不错嘛,不过你的能力只有这么一点儿吗?这间厂房可是我们五芒星协会专门针对超自然能力所建造的实验室,想要出去可没那么容易。"

"是吗?"苏墨表情没有丝毫波动,他张开双臂,胸口迸发出蓝色的光芒。

"砰!"

陆菁菁又摁下遥控器按钮,激光调整了方向,再次朝苏墨射去。就在激光即将射穿苏墨的身体时,他的身前猛地竖起一个冒着蓝色光芒的水盾,稳稳挡下了这一击。

看到这熟悉的光芒,夏彤彤的脑子里忽然闪过一道白光……她想起来了!

暴雨出外景主持的那天,她出了车祸,所有人都说她是死里逃生,她却没有任何记忆。她终于想起来了,是苏墨动用自己的能力,用水裹挟着她的身体,将她从汽车的车轮下救下!

原来从那时开始,苏墨就在默默地保护着她了……夏彤彤的内心涌起一阵激荡的热流,她双眼噙满泪水,瞪大眼睛望着水盾后的苏墨。随着激光的强度越大,苏墨胸口的水滴印记也迸发出更加耀眼的蓝色光芒。

"轰隆隆!"

一道球状闪电划破天空,不知道什么时候,天空中积累了厚厚的云朵,原本晴朗的夜空电闪雷鸣,暴雨猝不及防,"哗啦啦"地倾盆而下。

"这是……"陆菁菁的脑子不是一般的好,她怔愣了一秒就叫出声,"是水!你的能力是控制水!"

随着暴雨降临,苏墨的能力越发得心应手,他看向夏彤彤:"闭眼。"

虽然不知道苏墨要干什么,夏彤彤还是听话地闭上了眼睛。

"轰隆!"

"啊啊啊!"

夏彤彤只觉得耳畔掠过一阵狂风,伴随着陆镜蓝和陆菁菁两姐妹的尖叫声。等她睁开眼睛时,发现整个厂房的屋顶都不见了,朝苏墨发出激光的机器已经燃烧了起来。一个蓝色水盾挡在她的身前,正在慢慢消失,绑在她身上的绳子也不知道什么时候被割断了。

"闪电!是闪电!"

陆镜蓝狼狈地跌倒在地上,看着苏墨的眼神就像在看怪物。要不是亲眼所见,陆镜蓝打死也不会相信,居然会有人能用水引来电流,直接把整个实验室都削掉了一半!

苏墨刚想带着夏彤彤离开,忽然发现闪电带来的巨大能量足以开启微型空间装置,这样他就能打开虫洞,带夏彤彤回乌邦国了!

事不宜迟,苏墨立马抬起手,随着他胸前蓝光大放,一面发着光的水镜凝结起来,慢慢升入天空。水镜中,隐隐约约显现一些人影,在朝着水镜外观望。

"是苏墨指挥官吗?您要回来了吗?"水镜中传来一个中年男人的声音。

"是,我将带着……"话说到一半,苏墨停住了。他侧过头看了

夏彤彤一眼，与夏彤彤这些日子相处的场景在脑海中闪现，他心里挣扎起来。

他真的要带她回去吗？如果回去，夏彤彤的命运可想而知。

可是不带她走，乌邦国的命运又将何去何从……夏彤彤可是整个国家的希望。

正犹豫间，陆菁菁的话打断了苏墨的思绪："想走？没那么容易！"

额头流着血的陆菁菁已经陷入了癫狂，她一口气按下遥控器上的所有按钮，一瞬间，放在厂房四个角落里的银色金属圈全都亮了起来！

见状，陆菁菁的脸上浮起一丝诡异的笑容，夏彤彤瞥到她这个神情，浑身一激灵："苏墨，不要管我，你快走！"

事态转变得太突然，苏墨已经来不及离开，他一举一动都变得举步维艰，仿佛有一张透明的网将他牢牢缠住。

浮在半空中的水镜变得扭曲起来，陆菁菁露出胜利者的笑容："哈哈哈！我说了，你来了就别想轻易离开！这可是我们实验室最先进的电磁波捕捉器，能限制所有突然产生的能量变化！"

苏墨没有说话，努力地想要抬起手，指尖刚幻化出一点儿水雾，不出一秒就消散了，他胸前的蓝色光芒变得越来越微弱，好像有什么东西在不断吸收它。

"我劝你别挣扎了，"陆菁菁得意万分，"这些仪器是以蚕食你的能量来获得运行能量的。你使出的能量越多，它就越厉害！"

"呃！"终于，苏墨胸前孱弱的光芒如耗尽的烛光那般熄灭了。他闷哼一声，晕了过去。

"苏墨！"夏彤彤失声尖叫。

水镜发出一道剧烈的爆炸声，随即消失不见，仿佛从来没有出现过。

第八章

从天而降的精灵少女

水瓶座男友·仲夏骊歌①

1

"吱吱"的电流声传入夏彤彤的耳朵,她睁开蒙眬的双眼,映入眼帘的是暗沉沉的房间。

"苏墨!"夏彤彤霎时清醒过来,大叫出声。

夏彤彤全身都被绳子绑住,只能勉强转动脑袋去寻找苏墨的身影。衬着昏暗的光线,她看到苏墨被绑坐在不远处的角落里,他紧闭着眼睛,身上不断闪现出一阵阵蓝色的电弧,先前用来对付他的四台银色电磁仪器围着他摆放,将他牢牢地困住。在电流的光影下,苏墨那张俊美的面容惨白如纸。

"苏墨!"夏彤彤的眼泪如断了线的珍珠,她拼命地挣扎着,想要挣开绳子,可越挣扎,绳子反而深深地勒进肌肤里,疼得她额头直冒汗:"陆菁菁,你们到底想干什么?冲着我来就行了!跟苏墨无关!"

从苏墨来救夏彤彤受袭到现在,已经过去了两天,他们被陆菁菁蒙上眼睛带到了这个阴森冷暗的房间里。自从陆菁菁发现电磁波对苏墨有效,就一直兴致勃勃地在他身上进行各种电磁实验。

眼睁睁地看着苏墨连日来忍受着非人的折磨,夏彤彤内心倍感煎熬和悔恨……为什么她这么不小心,把苏墨卷了进来?

"放心,很快会轮到你了。苏墨果然不是常人,他的身体素质非常强韧,如果换作是你,你早就不行了。"陆菁菁从黑暗中踱步到夏彤彤身边,"真奇怪,苏墨为什么要处处保护着你呢,难不成你身上有什么秘密?"

说着,陆菁菁俯身凑近夏彤彤,伸手握住她的下巴。

"不准碰她。"苏墨清醒了过来,强忍着痛苦从牙缝中挤出话来。

陆菁菁诧异地转过头:"你居然还能醒来?意志力也太坚强了吧?你到底是什么来路?"

苏墨的醒来转移了陆菁菁的注意力,她从口袋里拿出遥控器,按下黑色按钮——

第八章 从天而降的精灵少女

"不要！"

夏彤彤想要阻拦，然而陆菁菁根本不搭理她，只见苏墨身上的电流猛地增强了很多倍，他的身体瞬间被万千道蓝紫色的光芒缠绕，竟然缓缓地飘浮了起来。

"既然你不说，我就只有想办法把你的力量从身体里剥离出来了。"陆菁菁娇俏的面容上带着残酷的笑容，"我还没有向上级报告你的事，本来想得到成果之后再说。但是我现在已经没有什么耐心了。"

"呃！"苏墨浑身颤抖了一下，脸上露出痛楚的神情，从喉咙里溢出一声闷哼。

见苏墨这么痛苦，夏彤彤的心犹如刀割，她泪流满面地向陆菁菁恳求道："快停下！求求你不要这么对他……"

这个时候，她越发痛恨起自己的软弱无力，为什么她什么都做不到，只能眼睁睁地看着苏墨为自己受苦？

有谁能帮帮他吗？无论是谁！

老天爷啊，如果您能帮助苏墨摆脱困境，我愿意付出任何代价！

上天仿佛听到了夏彤彤的祈求，屋子里忽然发出"砰"的一声巨响，紧接着一道白光闪过，控制苏墨的四台电磁仪器轰然炸掉了。

"砰咚！"

苏墨从半空中落下来，重重地摔到了地上。

伴随一阵清脆的铃铛声，一个纤细美丽的身影凭空出现，缓缓降临在苏墨身旁。

"你是谁？"陆菁菁攥紧拳头，紧张地问。

落在苏墨身边的是一位穿着白色纱裙的少女，她拥有一头灿若太阳的金色长发，直垂到腰际；瓜子脸上嵌着一双蓝宝石般的眼睛，弯弯的眉毛旁贴着钻石花钿；她纤细的手上戴着金丝手套，华丽的铃铛垂落下来，宛若中世纪的精灵。

少女在苏墨身边蹲下："居然把我们的指挥官伤成这样！"

她伸出双手,挥过苏墨的身体,捆绑在苏墨身上的绳子齐齐断掉。

苏墨喘着粗气,断断续续地问:"雪琳……你……你怎么来了?"

"又来一个,哈哈,太好了!你以为我只准备了这些仪器吗?"陆菁菁从口袋里拿出新的遥控器,屋子里另一个角落不知何时摆放着一台电磁仪器,发射出一道蓝色电弧,向雪琳袭去。

苏墨苍白的面容带上了一丝警惕:"小心!"

"放心!"雪琳调皮地吐了吐舌头,绽放出满不在乎的笑容,她高举起双手,摇动起手腕上的铃铛。

"丁零零……"

铃铛摇晃,发出一阵阵清脆的声音,轻而易举地震碎了袭来的蓝色电弧。雪琳优雅地避开了陆菁菁的每一次攻击,她的脚步仿佛最优美的舞步,身姿摇曳。

在一旁傻傻瞪着眼睛的夏彤彤只觉得雪琳的周围出现了许多的重影,她的耳朵里嗡嗡作响,视线变得模糊。

"你们这种普通人可是没法直视我的舞蹈的!"雪琳身形如精魅,一下子闪到了陆菁菁面前,夺走了她手中的遥控器,"倒下吧!"

"怎……怎么可能……"陆菁菁露出震惊的神色,她不甘心的话还没有说完,就晕倒在了地上。

雪琳的攻击针对一切普通人,夏彤彤也受到了波及,意识陷入黑暗前,她看到雪琳走到苏墨跟前,轻轻朝他伸出了手。

夜色如最深的墨,渐渐在空气中氤氲开来。月光如水,在大地洒下柔柔的清辉,整座城市缄默不言,仿佛在守着一个秘密。

"呼……"

夏彤彤轻轻吐了一口气,睁开眼睛,映入眼帘的是雪白的墙壁,云朵一样的灯光,她这是回到了苏墨的家吗?

这时,苏墨那高大的身影推门而入:"你醒了?"

苏墨穿着一身米色家居服,英俊的脸上带着关切,看到他的一瞬间,夏彤彤激动地跳下了床,猛地扑进了他的怀里。

"苏墨!我不是在做梦吧?"夏彤彤的眼泪"唰"的一下落了下来。

感受着苏墨厚实温暖的怀抱,鼻尖萦绕着他身上淡淡的大海气息,夏彤彤有种劫后余生的不真实感:"陆菁菁,陆镜蓝,她们……"

"没事了。"苏墨轻柔地拍着她的背,"她们的目标本来就是我,这一切都不关你的事。放心吧,不会有人再伤害你了。"

"可是……"

"她们被我抓了起来,关在地下室,不会再威胁到你了。"看着怀中夏彤彤瑟缩的模样,苏墨情不自禁地收紧了手臂,一向冷漠的声音中带着他自己都未曾注意到的温柔。

"那你打算把她们……"夏彤彤还想追问,一道咳嗽声打断了她的话。

"喀喀!"一个清脆的声音响起,"不好意思,打扰一下,指挥官……"

夏彤彤抬起头,一个精灵般美丽的少女站在卧室门口,她留着金色的长发,身着白色的长裙,一双蓝宝石般的眼睛大睁着,好奇地看着他们。

夏彤彤脸红地推开苏墨,擦了擦脸上的眼泪,对雪琳感激道:"谢谢你救了我们。"

"不用谢我,我是来救指挥官的,救你只是顺手。"雪琳冲苏墨挑了挑精致的眉,樱桃色的嘴唇绽放出俏皮的笑容:"指挥官,你该怎么

谢我？"

苏墨没有接这个话茬："我给你们介绍一下。"

他看向夏彤彤："她是雪琳，和我来自同一个地方。"随后又看向雪琳，"雪琳，她是——"

"我知道！她是夏彤彤嘛！"雪琳笑嘻嘻地说，碧蓝的眼睛里却没有一丝笑意，"呵呵……我们都在辛辛苦苦地等指挥官回去，结果他却为了你差点儿送了命……"

"对不起，雪琳，这件事我以后会向国王详细交代的。"苏墨英俊白皙的脸上露出一丝沉重，他的任务本来是将夏彤彤带回乌邦国，没想到半路杀出来一个陆菁菁，搞得他任务失败。那个神秘的"五芒星协会"竟然针对他们制作了一套压制他们的仪器。这个协会像一座大山一样，压在他的心头。如今他身受重伤，暂时是回不去乌邦国了，眼下相较带夏彤彤回去，他现在更想弄清楚这个神秘协会的来历。

夏彤彤好奇地看着两个人，心里有许多问题，想问又不敢开口。雪琳为什么一直叫苏墨"指挥官"，他不是大学教授吗？难不成有什么秘密身份？来自同一个地方，又是指哪里？是有着很多像他们一样拥有超自然力量的人的地方吗？

雪琳甩了甩金色的长发，换上了娇嗔的语气："好啦，不说这个了。现在你的身体损耗很大，我煮了滋补营养的粥，过来喝吧。"说着，她亲昵地挽起苏墨的手，朝外面的客厅走去。

夏彤彤愣在了原地，她察觉到雪琳一直在刻意忽视她。

雪琳和苏墨的关系似乎很亲密，苏墨平时对女生都不假辞色，但面对雪琳的一切举动并不抗拒……看雪琳仰着头，面带喜悦的笑容，和苏墨热络地聊着天，夏彤彤的心仿佛掉进了冰窟窿里。

苏墨和雪琳究竟是什么关系？

客厅白色的餐桌上，摆放着一大碗热气腾腾的粥，清香四溢。雪琳将苏墨按在椅子上，殷勤地给他盛了一碗粥："尝尝我的手艺，很久没喝到了吧？这可是用鸡汤煮了很久的呢！"

夏彤彤手足无措地跟在两个人身后，只觉得这里并没有她的位置。

"过来坐吧。你也尝尝。"苏墨冲夏彤彤招招手。

夏彤彤感到雪琳的视线紧紧黏在她的身上，她不自在地坐到苏墨身旁的椅子上。苏墨正要将手中的勺子递给夏彤彤，雪琳的手迅速挡了过来。

"夏彤彤，我给你另盛一碗吧！"雪琳脸上洋溢着热情的笑容。

"谢谢。"接过雪琳新盛来的粥，夏彤彤道了声谢。她舀了一勺粥放进嘴里，雪琳的手艺很棒，白粥被煮得很软很稠，鲜美的鸡汤佐着诱人的米香，入口即化。粥是如此味美，然而不知道为什么，她却感觉到了一丝淡淡的苦涩。

默默喝完粥，苏墨放下手中的勺子，看向夏彤彤："你有没有哪里不舒服？抱歉，因为情况特殊，我无法向医生解释，所以没有送你去医院做检查。"

"我没事啦！"夏彤彤赶紧摆摆手，"倒是你，之前陆菁菁拿你做了那么多实验，不要紧吗？"

一想起先前苏墨满身布满电流的样子，夏彤彤的心就像被小锤子狠狠地砸了一下，心疼不已。苏墨蓝紫色的眼睛里浮起一抹柔光，刚想要回答，雪琳抢过了话头。

"指挥官有我照顾，身体没什么大碍。"

夏彤彤点点头，没再说话。相比聪明能干的雪琳，她的确什么也做不了，关心苏墨的念头也变成了一种多余。

夏彤彤觉得自己再待在这里，只会像个讨人厌的局外人。她刚想跟苏墨说自己打算回家时，苏墨忽然开口道："彤彤，有一件事我要告诉你。"

苏墨神色有些凝重："既然你已经目睹了这么多事情的发生，再瞒着你也没有意义。"

虽然夏彤彤也很好奇苏墨的秘密，但她不想强迫苏墨坦白："如果你不想说也没关系……"

"没事，你现在有必要知道。其实我并不是这个世界的人。"

"这个世界？"夏彤彤没明白苏墨的话。

"宇宙中存在很多个平行世界，其中一个平行世界中，有一个叫作乌邦国的国家，我和雪琳皆来自那里。我们那里的科技要比你们这个世界发达许多，大部分人都接受过基因改造，或多或少地拥有一些非凡能力。"

平行世界？听到这个说法，夏彤彤一时间不敢置信，她知道很多影视作品里都有涉及这类话题，不过她一直觉得那只是虚构故事创作而已，没想到竟然是真的……

她愣在原地："可是……你看上去很正常啊。"

"那是因为我们和你们没什么区别，都是人类。"苏墨认真地看着她，"也许再过两百年，你们这个世界也会发现其他平行世界的存在。不过目前对于你们来说，我的来历还是太奇特。所以我们的事情，可以请你保密吗？"

"当然可以。"夏彤彤点点头，心里涌出一股难以言喻的感觉……好像自己在做梦一般，没有一点儿真实感。

"指挥官是乌邦国的守护者，也是我们国家能力最强的人！只有他能以一己之力打开时空虫洞！"雪琳双手托腮趴在桌子上，骄傲地看着苏墨，一枚绯红色的半月形吊坠不经意从蕾丝衣领里露了出来。

提到这个，苏墨乌黑的眉毛微微蹙起："雪琳，你是怎么开启虫洞的？"

"这个……咱们乌邦国那么多能人异士，当然有法子啦！"雪琳坐起身来，从自己衣服里拽出那枚绯红色的吊坠，"别说这个了。指挥官，你的吊坠呢？不会弄丢了吧？"

"没有。"苏墨起身走到客厅的五斗橱前，从抽屉里拿出一个盒子，"我的吊坠在这里。"

"那就好……我还以为你不重视它呢。"

雪琳与苏墨的聊天让夏彤彤的目光越来越黯淡，她看着两个人手中两枚一模一样的绯红色半月形吊坠，视线不禁被眼里弥漫起的雾气模糊。

这会是情侣吊坠吗？

看他们熟悉亲昵的样子，一定关系匪浅。

从苏墨家告辞，拒绝了苏墨送她回家的提议，夏彤彤一个人难过地离开。秋天没有了夏日那般炎热，一丝凉爽的风拂过，道路两旁的绿树开始慢慢地变黄。然而熟悉的景色里，好像一切都不同了。

夏彤彤坐在出租车里，眼泪一滴滴滑落，她突然觉得很难过，就算是从前被全世界的人误解、诋毁，她也没有像现在这样难过。

"呜呜呜……"

回到家，扑在沙发上痛快地哭了一场，夏彤彤一边抽噎着一边摸出关了几天的手机，一打开，便是汹涌而来的未接来电和信息，其中最多的就是叶雨兮。叶雨兮每隔几分钟就要打一通电话，其次就是江潮，他也打了很多通电话，发了很多微信。

夏彤彤赶紧给叶雨兮回拨过去，才一接通，叶雨兮那气急败坏的声音就传了过来："彤彤，你在哪里？这几天到底怎么回事，我去你家也不在！你想要吓死我啊？"

"我在家。我……和苏墨一起去拍摄外景节目，手机没电了，现在才回来。对不起，让你担心了。"

闺蜜的关怀像一股暖流涌进心房,夏彤彤吸了吸鼻子,感动的泪水又在眼眶里打起转来。

"你在家等我,我马上过来!"

"不用……"夏彤彤话还没说完,电话里就只剩下了"嘟嘟"的忙音。

叶雨兮很快赶来夏彤彤的家,她一通"狂轰滥炸",狠狠地教育了夏彤彤一通:"苏墨怎么那么靠不住?我都差点儿就要报警了!"

夏彤彤乖乖地坐着听训,再三保证下,叶雨兮才勉强放过她:"算了,看在你明天还要上班的分儿上,今天先早点儿休息吧。以后真的不能再吓我了。"

因为苏墨的事情,夏彤彤夜不能寐地度过了一晚,第二天一早,她去电视台上班。所幸陆菁菁绑架他们的事情是发生在周末,就算她无故失踪两天,也没有在电视台里引起任何反响。接下来的几天,每当见到苏墨,她都尽量目不斜视,除了工作以外,不与他有任何交集。

午休时间,夏彤彤偷偷来到苏墨的休息室,仰头靠在沙发上,千万种情绪涌上了她的心头。想着苏墨在这里闭目养神的模样,他悠远深邃的蓝紫色眼眸,还有他身上好闻的大海气息……她情不自禁地闭上眼睛,感受着苏墨残留的气息。

有轻轻的脚步声传了过来,夏彤彤的睫毛动了动,却不想睁开眼睛。

"唉……"

一声轻叹过后,脚步声在她身边停下来,一件带着温度的衣服盖在了她的身上。她鬼使神差般的睁开眼睛,视线和苏墨的不期而遇。

苏墨正在弯腰帮她盖衣服,见她醒来,动作一滞。

苏墨的睫毛又长又密,像蝴蝶的翅膀一般。他的皮肤白如瓷玉,一点儿毛孔也看不出来。夏彤彤目不转睛地望着他,差点儿忘记了呼吸。

"睡着了容易感冒。"过了几秒钟,苏墨站直身体,拿着台本走了出去。

第八章 从天而降的精灵少女

目送着苏墨背影消失在门口,夏彤彤心里五味杂陈……自从雪琳出现以后,他们两个人的关系变得尴尬起来,明明那么熟悉,却又有着说不上来的疏离。

雪琳性格活泼又古灵精怪,经常来电视台找苏墨玩,还会带一些自己做的美味可口的点心过来,没花几天的工夫,就跟电视台里的工作人员混熟了。

"喂,你们说……苏墨和雪琳是什么关系啊?"

"情侣呗,听说他们好像是青梅竹马,家乡都在一个地方。"

"真好啊!我也想要青梅竹马……"

每次听到同事们在讨论苏墨和雪琳的八卦,夏彤彤都会拖着沉重的脚步走开,这些无心的话语仿佛一把把小刀子,将她的心刺得鲜血淋漓……在大家的眼里,雪琳和苏墨俨然是一对关系亲密的情侣,而之前跟苏墨形影不离的她处在尴尬的位置上,成为同事们眼中的笑柄……

撇开这个令人烦恼的三角关系不说,江潮最近对她格外殷勤,也让她感到很头痛。

"哇!江潮你又来了呀!"

走廊里,一个工作人员朝路过的格子衫男生打招呼,男生的脸上挂着爽朗的笑容,熟稔地从便利盒里拿出一杯咖啡递过去:"是啊!路过这边,就上来看看彤彤!"

夏彤彤扶了扶额头,头痛地看着这个帅气的男生。江潮隔着老远就看到了她,笑容灿烂地快走了过来:"彤彤,累了吧?我给你带了咖啡和蛋糕!"

说着,他扬了扬手里的便利盒,夏彤彤无奈地接过来:"谢谢……不过你是怎么了?怎么天天来送咖啡?还不肯收我的钱。这生意太亏本了吧?"

自从上次夏彤彤"人间蒸发"好几天之后,江潮就像牛皮糖一样缠

上了夏彤彤。每天准时出现在电视台里的他和雪琳,成了电视台的两道风景线。

很多不明真相的工作人员都以为他们关系匪浅,这不,刚刚被一杯咖啡"贿赂"的男生路过两个人时,冲江潮挤了挤眼睛:"江哥,以后常来啊!我可喜欢你们店的咖啡了!"

"哈哈哈,好啊!"

是她做了什么事情让江潮产生了错觉吗?她之前明明已经对江潮说得很清楚了。老实说,江潮为人体贴,相貌又很优秀,一般女生很难不被他吸引。夏彤彤并不讨厌江潮,她是真心把江潮当作朋友来相处的,也不想跟江潮因为这种事情断绝来往。

她要怎么做,才能阻止江潮继续这种献殷勤的行为?

夏彤彤正发愁时,苏墨和雪琳有说有笑地从苏墨的休息室里走了出来,他的目光不经意地扫过江潮,脸色莫名冷了几分。

看到雪琳挽着苏墨的胳膊,夏彤彤低头猛喝了几口咖啡,心里不是滋味。

"喀喀!喀喀……"她一不小心被呛到了,身旁的江潮连忙拍拍她的背:"慢慢喝,别着急啊!"

"我……我没事……"夏彤彤赶紧格开江潮的手,生怕苏墨误会,她紧张地抬起头,却看到苏墨正一脸温柔地在雪琳的耳边轻语着什么。

"哈哈哈!真的吗?"雪琳开心地回着话,脸上漾起美丽的笑容。

两个人头靠在一起的样子亲密极了。夏彤彤只觉得心里一阵刺痛,快要喘不过气来……苏墨对雪琳说话时那么温柔,跟对她时总是冷漠的表情不同。回想起曾经的种种,夏彤彤感觉自己要被涌来的难过淹没了……苏墨虽然对她很好,处处保护她,照顾她,但从来没有向她承诺过什么,也拒绝了她的告白,她不该对苏墨还存有不切实际的期望。

苏墨拒绝她,也许正是因为雪琳。只是他不想伤害她,才没有把话挑明。

第八章 从天而降的精灵少女

意识到这个现实，夏彤彤心痛万分，为了把自己的注意力从苏墨身上移开，之后的日子，她将全部的精力都投入到了《谁是大侦探》的节目上。她努力策划了很多新的点子，比如在节目中加入歌舞、创意表演，让嘉宾们彼此竞赛……随着节目的收视率节节升高，夏彤彤与苏墨这对荧幕 CP 的人气也越来越旺。

这天，夏彤彤正在准备节目录制的主持台词时，后台忽然发生一阵骚动，她好奇地过去查看，只见助理小陈正满脸慌张地跟王心交代情况："心姐，今天的特邀舞蹈演员身体不舒服，昏倒了！节目还有五分钟就要开始了……我们现在怎么办啊？"

王心微微蹙起眉头，她不愧是金牌制作人，立刻指挥道："立刻询问一下现场还有没有其他舞蹈演员，能不能临时救场。我记得这一期的节目是敦煌飞天，难度应该比较高。要是没有，就先跳过这里，等明天找新的舞蹈演员单独录制一遍。"

大家一下子被这个变故弄蒙了，夏彤彤也不禁担心起来，没有了复习台词的心情。要知道节目开场就是一段舞蹈。

"那个……心姐，可以让我试试吗？我之前看过几次排练，那段舞蹈我已经熟悉了。"在一旁围观的雪琳突然举起手。

一下子，所有人的目光像探照灯一样汇聚到了雪琳的身上。

"雪琳跳舞不错，可以让她试试。"苏墨难得开口推荐。

"时间来不及了！"一个工作人员看看时间，焦急地说。

王心审视地看了雪琳一眼，咬了咬牙："行，就你了，上吧！"

节目准时开始录制，夏彤彤熟练地说完开场白，紧接着就到雪琳上场了——她穿着一件银色蕾丝纱裙，金色长发被银色蝴蝶结发卡盘起。在聚光灯下，她舞动的身姿翩然若蝶，美丽的面庞犹如坠入凡间的精灵，碧蓝的眼睛熠熠生辉。

她一边热情地舞蹈着，一边朝苏墨投去深情的目光，那顾盼生辉的眼眸让人见之难忘。当音乐停止时，她在苏墨身边停了下来，搭着他的

手臂完成了一个高难度的"飞天"动作,成为这次节目的焦点。

"太棒了!"台下的工作人员纷纷鼓起掌,连一向挑剔的王心都不由得莞尔:"即兴表演很棒啊。"

这期节目播出后,雪琳惊艳的首次亮相在网络上掀起一阵热浪,她活泼美丽的外形赢得了一大批粉丝。与此同时,攀升的八卦热度还有苏墨与雪琳的关系。一时之间,大家都在津津乐道他们两个人青梅竹马的故事。

网上的种种爆料,让夏彤彤越看越难过,她试图清空自己大脑里所有关于苏墨的一切,心却总是在背叛她。

苏墨为什么要强势地闯入到她的生活中来,搅得她的心湖波澜不断,再也无法保持平静……

第九章

遗落心中的珍宝

虽然不知道原因,但苏墨发现夏彤彤变得不那么爱笑了,每当摄影机从她身上移开,前一秒的她还笑靥如花,下一秒的她表情整个却都垮了下来。他几次想要问问她是不是发生了什么,不过雪琳总是不合时宜地出现,打断他的问话。

看着精灵一样的雪琳,他的心头好像压了一块大石头。雪琳的存在仿佛像个闹钟一样,时时刻刻提醒着他,他是乌邦国能源司的首席指挥官。他没有忘记自己肩上的重任,然而面对国家大义和道德仁义,他不知道该如何抉择……

"指挥官,你在想什么?"雪琳笑意盈盈地走到苏墨身边,"快来尝尝我新做的点心!"

苏墨收回思绪,深深瞥了雪琳一眼:"雪琳,你就不想回家吗?"

"有你在的地方,就是我的家啊!"雪琳笑得一脸天真无邪。

看着一身白色长裙的雪琳,苏墨有一种不真实的感觉。雪琳从小就爱穿白裙子,脸上总是挂着这样灿烂的笑容,可是为什么,他却觉得她很陌生呢?

"还说我呢!指挥官,你真的有想过要把那个女孩带回去吗?"雪琳狡黠地眨眨眼。

苏墨不由得一愣:"我……"

好在雪琳并不想要苏墨的回答,耸耸肩,转身去忙自己的事了。自从来到这里,她全然将苏墨的家当成了自己的家,整天无忧无虑的,不是哼着小曲在厨房里忙个不停,就是跟着苏墨去电视台帮忙兼职,绝口不提回乌邦国的事。

看着雪琳忙碌如蝴蝶的身影,苏墨那双蓝紫色的眸子里闪过一道暗光。

半夜,月光如水银,透过蓝色窗帘的缝隙照在卧室里。苏墨毫无睡意,他从枕边望着天空的圆月,冷冷地等待着什么,忽然,卧室门口传

第九章 遗落心中的珍宝

来一阵"窸窸窣窣"的细微声音,他屏气凝神,缓缓地转过眼睛。

这些天他特地没有关紧房门睡觉,果然,透着自己特地留下的细缝,他清晰地看到门外站着一个雪白的身影。

雪琳披散着一头金灿灿的长发,着一袭纯白的睡裙,如降临凡间的天使。令人诧异的是,此刻雪琳的手里居然攥着一把寒光闪闪的匕首!

她脸上的神情很古怪,时而痛苦,时而惊恐,自己的左手用力抓住自己拿着匕首的右手,好像在和看不见的敌人斗争。她瘦弱的肩膀不断地颤抖,仿佛在拼命挣扎着什么。

苏墨静静地看着这一切,雪琳只顾着挣扎,并没有发现他醒着,过了十几分钟后,她的动作停了下来。

"唉……"雪琳长叹一声,蓝色的眼眸溢满悲伤,拖着沉重的脚步慢慢转过身,朝自己的房间走去。

苏墨重新转过头,月光洒在他的床头,隔了一会儿没再有动静,他才闭上了眼睛。

明知道不应该,夏彤彤做事却越来越提不起劲儿,和苏墨一起上《谁是大侦探》节目,让她倍感煎熬。她只要一看到苏墨,心就如扑火的飞蛾一般,情不自禁地被他所吸引,说台词也时常心不在焉。她深知这是不对的,却无法抑制自己心的本能。

"彤彤,你在发什么呆呢?"叶雨兮敲了敲夏彤彤的头。

夏彤彤猛地一激灵,这才发现自己又发呆了:"没什么……"

她低头搅拌着面前的咖啡,周末好不容易有空和叶雨兮一起来江潮开的咖啡店聚会,自己却这么扫兴。看着洁白的咖啡杯中,咖啡上的奶泡在她的搅拌下溢出来了一点儿,像是心上的泪痕。

"最近压力很大吗?"系着格子围裙的江潮捧着一杯热气腾腾的奶茶走了过来,递给夏彤彤,"别喝咖啡了,来一杯我特制的蜂蜜奶茶吧。"

"江潮,你太偏心了吧?我也想要特制奶茶!"叶雨兮揶揄地朝他

145

挤挤眼睛。

江潮挠挠后脑勺，俊朗的脸上露出一丝羞涩："知道了，待会儿再给你做一杯。"

"哈哈！谢啦。"

江潮转过乌黑的眼睛，伸手宠溺地揉了揉夏彤彤的秀发："彤彤，你最近瘦了，要多吃点儿饭啊。"

夏彤彤不自在地躲开江潮的手，见状，江潮不由得愣了一下。对面的叶雨兮察觉到了尴尬的气氛，赶紧转移了话题："喀喀，那个……彤彤，我看到最近很多人在微博上八卦，说你们电视台出了一个很有潜力的新人，好像是叫雪琳。听说她是苏墨的未婚妻？这到底是怎么回事？"

夏彤彤怔愣了一瞬，低下头喝了一口奶茶，掩藏住自己失落的表情："这是苏墨自己的事，我……也不清楚。"

自从上次雪琳在节目里救场出演，意外走红后，就成了彗星市电视台的特邀主持嘉宾。观众们特别喜欢雪琳，再加上陆镜蓝被停职以后，电视台里除了夏彤彤，就没有其他能挑大梁的年轻女主持，于是她就这样莫名其妙地成为台里目前最具潜力的新人，加入了《谁是大侦探》的主持嘉宾阵营中。

聚会结束后已是晚上，夏彤彤拒绝了要送自己回家的江潮，独自一人散步回家，想要静一静。

秋天的夜风凉凉的，夏彤彤一个人走在家附近的小公园里，树上飘落的叶子仿佛失落的心，她轻轻踩上去，就能听到心碎的声音。她鬼使神差一般拿起手机，翻到"超级无敌雨神"那一栏，曾经和苏墨在一起的快乐时光便在脑海里像电影胶片一样慢慢回放，让她不知不觉弯起了嘴角。

"彤彤。"

低沉清冷的男声在她的身后响起，在这寂静的夜里，仿佛有一种魔力。

第九章 遗落心中的珍宝

夏彤彤猛地停下脚步，她不敢相信地转过头："苏墨？你怎么会在这里？"

"我散步经过。"苏墨迈开修长的双腿走过来，低头看向夏彤彤，那双蓝紫色的眼眸里涌动着复杂的情绪，似乎有怜惜、矛盾和痛苦……让夏彤彤看不懂。

"这段时间你好像很辛苦，是发生了什么事吗？"苏墨关切地询问。

一时之间，夏彤彤的内心掀起了风暴，明明知道不应该，她还是忍不住讽刺道："不劳你关心。我很好，你还是多陪陪你的雪琳吧。"说完，她转身就走。

头刚转过去，夏彤彤又不禁在心里后悔地责怪起自己来：夏彤彤，你这个笨蛋！你有什么资格生气？

苏墨一把拉住她的胳膊："彤彤，我和雪琳的关系不是你想的那样。"

"不关我的事！"夏彤彤的倔脾气上来了，她用力甩开苏墨的手，"你和雪琳之间的事，不用告诉我！"

现在她一听到苏墨提起"雪琳"这两个字，心就像被刀割一般。

苏墨刚想要继续解释，口袋里的手机忽然响了起来，他只好松开夏彤彤，掏出手机接电话。

"指挥官，不好了！那两个姐妹跑掉了！"电话里传来雪琳焦急的声音。

"什么？"苏墨停下脚步。

"我……我擅自去关押她们的地下室，想审问出陆菁菁背后组织的真相，可是她们太狡猾了！说想上厕所，然后我一时没有觉察就……"

苏墨蹙起乌黑的眉头，自从抓到了陆镜蓝和陆菁菁两姐妹，他一直想办法从她们身上挖掘出"五芒星协会"的秘密。然而陆镜蓝一问三不知，陆菁菁则守口如瓶，一言不发。

雪琳自责不已:"对不起,指挥官。要是早知道会出这样的事,我一定不会擅自进入关押她们的地下室……"

"好了,你别说了,我马上就回来。"苏墨匆匆挂断电话,立马掉头转身,心里只想着赶紧回家处理这起突发事件,丝毫没有注意到不远处的夏彤彤慢慢停下了脚步。

看到苏墨头也不回的背影,夏彤彤的心一下子像掉进了无底的深渊。风轻轻地拂过她的脸庞,像一只轻柔的手。她的视线渐渐模糊,看不清前方的道路……

回到家后,夏彤彤毫无睡意,她愣愣地在沙发上坐了一会儿,还没回过神来,一阵刺耳的声音打断了她的发呆。

她从口袋里摸出手机,里面传来王心的声音:"彤彤,现在有一个新工作需要你!"

"新工作?"

"台里准备做一档定制古装综艺秀《遗落时空的珍宝》,领导决定让你也参加,你明天上班来台里的第一件事就是去试镜。"

"古装?"夏彤彤惊讶极了,"可是古装类型的节目,我根本没有经验啊!"

"这是领导们的决定。"王心不容拒绝地挂断了电话。

握着发出"嘟嘟"忙音的手机,夏彤彤一脸茫然……好奇怪,为什么王心制作人一点儿拒绝的机会都不给她呢?

她只听过演员拼命想争取角色的,还没听过哪个节目硬塞角色给谁的呢!

第二天,夏彤彤一来到彗星市电视台,就直接前往影视科试镜,影视科和新闻综艺科完全是两种画风。影视科的装潢非常华丽时尚,办公室墙壁整个刷成清新的橙色,路过的工作人员中有很多是电视上的熟面孔,运气好的话还能碰到明星。

第九章 遗落心中的珍宝

夏彤彤走到导演办公室门口,刚要举起手敲门,门就"嘎吱"一声打开了。

雪琳穿着一件蓝白相间的纱衣走了出来,金色头发上戴着亮闪闪的蝴蝶流苏头饰,蓝宝石般的眼睛里充满兴奋。

"彤彤,你来啦!你看我这身打扮好看吗?"雪琳热情地将夏彤彤拉进办公室,俏皮地转了个圈。她衣服上的银色的腰带绣着花朵暗纹,肩上的蓝色流苏披肩别致精巧,搭配上她一头金灿灿的长发,仿佛春日里最明媚的阳光。

夏彤彤呆呆地点了点头:"好看,像仙女一样。"

雪琳打扮得非常漂亮,相比之下,穿着T恤、牛仔裤就跑过来的夏彤彤像一个陪衬的丫鬟,寒酸又土气。

"小雪,这就是你指名要求配戏的朋友吗?不错,气质很合适。"

一个高个子的男人从雪琳身后走了过来。他外表看上去三十多岁,一副不修边幅的艺术家模样。夏彤彤一眼就认了出来他是电视台里负责古装剧拍摄的导演张明中。

被安排做古装综艺原来是雪琳指名要求的……

这下夏彤彤一点儿想参与的心思都没了,她硬着头皮地拒绝道:"那个……导演,我的专业是播音主持,对于古装综艺一窍不通啊。我……"她话还没说完,雪琳一把拉住了她的胳膊。

"彤彤,你是不是不想跟我一起合作,所以想要推掉吗?"

雪琳美丽的脸上满是委屈和失望,夏彤彤的推托之词卡在了喉咙里。

"不是,我没有……"她连连摆手想要解释。

雪琳垂下眼帘:"我本来以为你会开心的……如果彤彤不肯参与,我也不要拍了。"她低下了头,自顾自地在沙发上坐了下来。

办公室里的气氛变得尴尬起来,张导演脸上的笑容凝固了。这次的古装综艺节目的创意是张导演提出来的,虽然他一副浪荡不羁的模样,但抱有很大的野心,一心想做出个口碑与人气兼具的综艺。雪琳在《谁

是大侦探》中舞蹈表演,让他一眼看中她的潜力,认为她的实力和外貌一定会给节目提升很大的人气。

他还指望着这档古装综艺节目能打败《谁是大侦探》,拿下金牌节目的大奖呢!

夏彤彤顿时满头大汗……她这次要不答应下来,就完全把导演得罪了。

"好吧……我会努力的……"

"真的吗?太好了!"雪琳的脸上重新扬起灿烂的笑容,她一把挽住夏彤彤的手,"彤彤,我从没有参加过这种节目的录制,你一定要多多教我啊!"

夏彤彤勉强扯出一抹笑容,内心叫苦不迭……为什么雪琳非要拉着她拍古装综艺呢?她们两个的关系,明明不是那么好啊!

3

《遗落时空的珍宝》不愧是张导演精心打造的节目，节目剧本、演出嘉宾、道具布置、前期宣传……他很快就全部筹备好，一切蓄势待发，只等正式录制了。

第一期节目的主题叫作《女侠闯江湖》，雪琳扮演女一号雪儿，她背景神秘，武功奇高。夏彤彤则饰演恶毒的女配角——夏心心，她是雪儿的同门师姐，一直嫉妒着雪儿，在雪儿闯江湖的路上屡屡暗算雪儿，还差点儿抢走了雪儿的心爱之人，是一个彻头彻尾的大反派。

看完剧本后，夏彤彤一阵头皮发麻，她没想到自己扮演的角色这么坏，估计节目播出后，她要挨观众很长一段时间的骂了。

正式录制开始，夏彤彤切身体会了一把当演员的心酸。古装的裙子看上去飘逸美丽，实则穿起来很麻烦，准备发型和妆容也很折磨人。他们通常清早四点多就爬起来化妆，更重要的是——侠女们都会轻功，拍武打戏时，需要吊着特技钢丝在天上飞来飞去！

这对于运动白痴的夏彤彤来说，简直是要命啊！

一场打戏拍完，夏彤彤解下绑在腰上的钢丝，觉得浑身酸痛，她瘫倒在椅子上，掀开裙子，查看自己的腿……一道道乌紫的血痕触目惊心，后背和胳膊就更不用说了，仿佛是被人拧断又接上，浑身的汗水使得厚重的衣服贴在后背，更让疼痛感加剧。

夏彤彤在这边惨兮兮地躺着，而片场里的雪琳却像一个真正的侠女。她身姿优美，即使吊着钢丝，挥剑的动作也很标准，她的动作戏让导演和工作人员赞叹不已。

"这次是捡到宝了！雪琳上镜真好看啊！"

"节目效果一定很好，会很受观众欢迎的！"

"她以前是练过吗？我只知道雪琳很会跳舞，没想到打戏也这么棒！"

赞美声如潮水一样涌进夏彤彤的耳朵，她呆呆地仰起头，看着在

半空中飞舞的雪琳——雪琳一身白衣,银色长剑闪着寒星般的光芒,脸上挂着甜美的笑容,那双蓝宝石般的眼瞳充满异域风情,增添了几分神秘感。

为什么?

为什么同样是第一次拍古装综艺,雪琳的表现就那么好呢?

雪琳美好得宛若纤尘不染的精灵仙女……就连多看她一眼,都仿佛亵渎了这份圣洁……

不知不觉间,夏彤彤的视线落到了摄影棚门口,一个高大的身影静静地站在那里,苏墨正在专注地看着雪琳拍摄。

苏墨眉毛轻蹙,清冷的面庞浮现出那种让人捉摸不定的神色,蓝紫色的眼眸满是审视和……探究?

探究?夏彤彤的心里浮起一丝疑惑,为什么苏墨会这样看着雪琳?

"丁零零……"

远远地,一阵清脆的铃铛声响起,半空中突然散下漫天飞花,伴随着铃声和绯色花瓣,雪琳旋转着从空中飘了下来。她的身姿翩若惊鸿,动作宛若玄女下凡,唯美浪漫……她莲足轻点,在空中改变了方向,轻轻朝苏墨飞去。

"Cut(停)!完美!"导演大喊一声,摄影监视器画面定格在雪琳如花的笑颜上。

"苏墨,我表现得棒不棒?"雪琳轻巧地落到地面上,和苏墨打招呼,笑声如银铃一样清脆。

两个人一个高大英俊,一个轻灵美丽,对视的画面和谐动人。夏彤彤的心脏仿佛被人猛地捶了一拳,喘不过气来,她蓦地移开目光,拿起身旁的矿泉水喝了一口。

放弃吧,夏彤彤……不要再痴心妄想了!

录制结束后,趁着工作人员在收拾器材的空当,张导演将夏彤彤拉到一旁:"夏彤彤,有件事我想跟你说一下。"

第九章 遗落心中的珍宝

看着张导演脸上凝重的神情，夏彤彤的心里"咯噔"一声："什……什么事？"

"明天第一期的拍摄就结束了。"他拿出一份新剧本，"原本的大结局是反派夏心心的阴谋被揭穿，雪儿质问她，将她逼下悬崖。可是雪琳觉得这个结局不太刺激，没有突出主人公之间的矛盾，所以我们紧急改了一下，在这之前加上了一段你们两人的打斗情节。你看看吧。"

"打斗？"夏彤彤吃了一惊，"导演，我完全没有武功基础啊！明天就要录制，时间这么仓促，我怕我准备不充分……"

"你就随便挥挥剑好了，这只是个综艺，又不是真的武侠剧。"大概是因为夏彤彤之前拒绝过参演节目，张导演面对她时，可没有面对雪琳时那么好的脾气，他不耐烦地将剧本往她怀里一塞，"好好看看吧，我很忙。"

目送着张导演离开，夏彤彤心里一阵叫苦连天……

这都什么事情啊！

为了加强综艺效果,第二天《遗落时空的珍宝》的录制,张导演邀请了一批普通观众前来现场观看,大部分人是雪琳和夏彤彤的粉丝。

夏彤彤没想到,叶雨兮和江潮也是这次的观众,她看着人群中的两个人,意外地说:"雨兮,江潮,你们怎么来了?"

"我们家彤彤的新节目,我能不来吗?"叶雨兮穿着一身崭新的小洋装,举起手里的零食袋,"等你工作结束,我们去吃大餐庆祝!"

一向以休闲装示人的江潮也难得正式打扮了一番,他穿着藏青色西装礼服,看起来像一位优雅俊朗的公子哥。一进摄影棚,他的目光就没从夏彤彤身上离开过,脸上满是惊艳的神色。

"彤彤,你真好看!"

夏彤彤被夸奖得有些不自在:"谢谢……"

夏彤彤饰演的是一位骄纵跋扈的女反派,为了配合人物角色性格,她的服装都是如火的红色,妆容也明艳妩媚,与平常清纯可人的她判若两人。

"夏彤彤!开始了!"

远远地,工作人员叫她,夏彤彤匆匆和好友说了几句话后,就立马过去拍摄。

为了让最后一幕的场景很逼真,道具组特地搭了一个离地面两米高的实景台,当作两位女主角打斗场景所在的悬崖。正式拍摄开始,夏彤彤手持着剑,与雪琳在假悬崖上僵持不下。聒噪的鼓风机运转着,吹起两个人的衣裙,制造出寒风猎猎的效果。

"师姐,为什么我对你掏心掏肺,你却要背叛我?"雪儿的眼眶里蓄满了泪水,神情悲痛地控诉道。

夏彤彤吊着钢丝从半空中飘下来,美丽的红色裙摆宛若来自地狱的火焰:"废话少说,要打就打吧!"她挽起一抹剑花,朝雪琳摆出攻击的姿势。

第九章 遗落心中的珍宝

"砰!"

两个人短兵相接,原本按照剧本,夏彤彤需要先占上风,再露出破绽慢慢被雪琳打败,可没想到她象征性躲了几下以后,雪琳居然举起道具匕首,狠狠地刺了她一下。

"啊!"夏彤彤忍不住痛叫出声。

她没想到雪琳会真打,虽然武器都是泡沫和塑料做的,可是狠狠砸到身上后也很痛。

夏彤彤的目光扫到台下,观众席上黑压压地坐满了人。苏墨正抱着双臂坐在第一排,他英挺的眉毛微微蹙起,面无表情地注视着她们。

不行,她要坚持下去!

"受死吧!"雪琳高喊一声。

夏彤彤愣了一瞬,剧本上并没有雪琳这句台词。她刚想着见招拆招,雪琳那张美丽的面容上露出一丝恶意的笑容,抽出缠在腰间的软鞭"唰唰"两下,狠狠地抽打在她的身上。

"啊!"

夏彤彤躲避不及,只能硬生生挨下这些攻击。雪琳挥鞭又快又狠,她只感觉自己被打得都要皮开肉绽了!

"哇,好厉害!"坐在观众席上的叶雨兮发出一声赞叹,和身边的江潮耳语,"想不到彤彤的演技这么棒,将挨打演得好逼真啊!"

"是啊,彤彤做什么都很有天赋!"江潮喜滋滋地回答,仿佛被夸的人是他自己。

挨了好几分钟的打后,夏彤彤终于支持不住,"砰咚"一声摔倒在地。按照剧本接下来的走向,她就要被逼下悬崖。

雪琳的脸上满是悲伤,缓缓地朝夏彤彤走过去。她圣洁的白衣被风吹起,就像救赎人类的天使……可是此刻看在夏彤彤眼里,雪琳却仿佛是来自地狱的恶魔!

"师姐,你骗了我这么久,现在也是时候尝到恶果了!"

场外的助理翻着剧本，奇怪地发出质疑："导演，雪琳这场戏没按照剧本演啊！这是不是不太好？"

张导演却对这场即兴表演满意得不行："你懂什么？这才是表演！前面女配角耍了那么多的阴谋诡计，大家都喜欢看女主角翻身啦！雪琳演得真不错！"

听到他们两个人的对话，坐在第一排的苏墨不自觉地抓住栏杆。

"啊！"

雪琳狠狠地踹了夏彤彤一脚，夏彤彤在地上滚了两圈，痛得连惨叫的力气都快没了。

"不……我不行了……"

夏彤彤虚弱地抬起眼睛，想向场外求助，雪琳却丝毫不给她机会，抬起腿又是一脚——

"砰！"

夏彤彤被踹到了假悬崖边，她身上的衣物都被冷汗浸透……

她快要昏过去了，可是为什么导演还不喊停？

"哇！演得真不错！"

"我之前觉得夏彤彤演的这个角色很可恨，现在看起来有点儿可怜哎。"

"雪琳演的不是个很善良的女侠吗？怎么下手这么狠？"

"你懂什么，人家那是剧情需要！"

所有人都没有发现异样，而观众们还在台下兴奋地讨论着剧情。

雪琳冷冷地站在夏彤彤跟前，开始说起剧本上的最后一段台词。雪琳的声音仿佛隔着厚厚一层隔膜，处于半昏迷状态的夏彤彤完全听不清。她的视线被冷汗模糊，大口大口地喘着气。等这段台词结束，雪琳就要拔剑手刃仇人，将她踢下悬崖。

届时，她会抓住悬崖的边缘，顺势滚到早早准备好的软垫上……可是以现在她的状态，是不可能有力气完成这项动作的。

第九章 遗落心中的珍宝

"受死吧!"说完最后一段台词,雪琳拔出随身的佩剑——
"住手!"远远地,传来一道焦急的声音。
一抹熟悉的影子飞快地跑下观众席,往摄影棚奔来。
夏彤彤试图看清这个人影,然而白炽灯晃得她头昏脑涨。
不行了……
眼皮越来越沉,夏彤彤再也坚持不住,彻底昏了过去。

再次醒来时，夏彤彤的脑子依然昏昏沉沉的，只听见叶雨兮和江潮围在她身边，大呼小叫。

"醒了，醒了！彤彤醒了！"

"彤彤，你身体如何？要去医院吗？"

夏彤彤勉强睁开眼睛，只觉得浑身火辣辣的疼，她舔舔干裂的唇瓣："水……"

"啊？水？快快快，彤彤说想喝水！"叶雨兮推了江潮一把，江潮慌忙递过来一瓶水。

清凉的水一入喉，夏彤彤才觉得自己恢复了几分清明，她发现自己躺在一张简易床上，身上还穿着戏服，周围的环境也十分熟悉。

"这里是……更衣室？"

"是啊。你现在感觉怎么样？"叶雨兮伸手试了试夏彤彤的体温，"没发烧……你知道吗？幸好苏墨先发现你的状态不对劲，及时叫停拍摄，不然后果我都不敢想啊！"

江潮也忧心忡忡地接话："是啊！刚刚你们电视台的医生过来看了一下，说你是脱水虚弱，身体没有什么大碍……彤彤，你要是觉得不舒服，我们马上去医院啊！"

"不用了，我休息一下就好……"夏彤彤摇摇头，目光情不自禁地到处搜寻。她的视线越过江潮的肩头，落到了站在更衣室门口的一个高大挺拔的背影上。

她面露欣喜，想到是苏墨救了她，张嘴刚想喊他，忽然发现他身旁还站着一个娇俏的身影。

苏墨正在俯身和雪琳说着什么，雪琳仰着头，碧蓝的眼睛里闪烁着光芒，两个人的姿势很亲密，越靠越近，越靠越近……

不！

夏彤彤猛地低下头，只觉得自己的掌心直冒汗，身体抑制不住地颤

第九章 遗落心中的珍宝

抖了起来。

"彤彤？彤彤，你怎么了？"

"我……我没事。"夏彤彤捂住嘴，眼泪瞬间流了下来。

"彤彤，你怎么哭了？"叶雨兮吓了一跳，"我们还是去医院吧？"

"该死！都是那个叫雪琳的女生，下手怎么没轻没重？"江潮气得咬牙，他俯下身，就要打横抱起夏彤彤，"走，我送你去医院，我们去验伤。"

"我没事！"夏彤彤赶紧阻止他，"我……我只是太累了，休息一下就好了。"

这档节目是大家的心血，她不能任性。如果惹出什么麻烦，她该怎么面对王心，怎么面对那么多工作人员？

"那……好吧。"江潮俊朗的脸上浮现出一丝心疼，他气愤地扭过头看向雪琳，雪琳正要拉着苏墨离开。

临走前，苏墨看向夏彤彤，夏彤彤只顾着擦眼泪，没有注意到。反倒江潮和他不经意对视了一眼，江潮在他的脸上看到了许多复杂的神情，有愧疚、自责和不舍……

"彤彤，我知道你喜欢的那个人是谁……"江潮回过头，轻轻握住夏彤彤的手，将她的眼泪擦干，"可是他真的不适合你，他到底是个什么样的人，你了解吗？"

夏彤彤看着江潮那饱含深情的眼眸，摇了摇头："对不起，江潮……"

江潮摸了摸夏彤彤的长发，叹息道："不用说了，我会陪着你，直到你忘记他……时间会给我们答案。"

夏彤彤疲惫地点点头，她的目光滑过手腕戴着的银色手镯，手镯在更衣室昏暗的灯光下，也依旧折射出柔润的光泽。

说起来，这是苏墨送给她的唯一礼物……哪怕雪琳身上戴着和他一模一样的情侣吊坠，哪怕这个手镯对他来说什么意义也没有，她也没有

想过将手镯还给他。

忘记苏墨?

不,这一辈子,恐怕她都不会忘记他了……那个沉默寡言,却又安稳可靠的男人,哪怕他的来历如此神秘,哪怕他喜欢的人从头到尾都不是她。

《遗落时空的珍宝》第一期的收视成绩并不理想,大概是夏彤彤的观众缘很好,许多人都看不下去她被炮制成恶毒女配角,拍打戏拍到晕倒,纷纷抵制这个综艺节目,于是第二期录制,张导演只能把夏彤彤换了下去。

夏彤彤的心情没有因此变得轻松,这段时间,她一看到苏墨,就会回想起在更衣室见到的那一幕……那种如鲠在喉的感觉,让她每天都睡不好。除此之外,台里的同事还悄悄地向她打听苏墨的八卦,让她更加感到心情糟糕。

"彤彤,苏墨和雪琳真的在恋爱吗?"讨论节目内容策划的会议空当,助理小陈满脸好奇地问夏彤彤。

夏彤彤的心一阵刺痛,却还要装作若无其事:"这个我怎么知道。"

"可你和苏墨不是关系不错的搭档吗?你怎么会不知道呢?"小陈不死心地纠缠,"话说回来,我原本以为你们才是一对呢。没想到他都有未婚妻了。"

夏彤彤合上笔记本刚想说话,会议室的门就被人从外面推开了。苏墨面无表情地走了进来,那双蓝紫色的眼睛冷漠地扫了小陈一眼。

"哈哈……苏墨,你……你来啦!"

刚才还在八卦苏墨的小陈立刻心虚,马上装作有事溜走了,整个会议室只剩下夏彤彤和苏墨两个人。

苏墨的脸色有点儿苍白,眼睛下方带着淡淡的乌青。夏彤彤呆呆地看着苏墨走近,心里乱糟糟的。

第九章 遗落心中的珍宝

"彤彤。"苏墨低下头。

他的眼睛真漂亮,仿佛带着迷人的魔法一般。夏彤彤望着那双蓝紫色的眼瞳,心里不禁感叹,突然觉得里面像有无数星星在发光。

苏墨刚想要说些什么,忽然愣住了。

又来了!夏彤彤的眼睛里,为什么偶尔会出现一些奇怪的幻象?

他目不转睛地盯着夏彤彤的眼睛,那双清澈明亮的眼睛里,此刻正映出一番世界末日般的恐怖景象:土地分崩离析,人们纷纷哭泣着逃离……

"苏墨?你怎么了?"夏彤彤咽了咽口水,不懂他的表情为什么突然这么奇怪。

一瞬间,夏彤彤眼中的幻象消失了,苏墨如梦初醒一般移开目光。

"没什么。"

夏彤彤忍不住关心:"发生了什么事吗?你一副心事重重的样子……"

"我没事。"苏墨抿了抿薄唇,目光瞥到夏彤彤的手腕上。原本因为拍摄《遗落时空的珍宝》而留下的血痕已经消失不见,她看起来完全康复了。

他抬起手,轻抚了一下夏彤彤的秀发:"你比你想象的要更厉害。以后的日子,你要更加坚强才行。"

苏墨很清楚,雪琳之所以这么对夏彤彤,完全是因为自己。经过这次事件,他在心里打定主意,不再把夏彤彤牵扯进来了。

"我先走了。"苏墨直起身,朝会议室门外走去。

夏彤彤愣愣地看着苏墨的背影,心中满是怅然若失。

第十章

永远离开的人

入夜，卧室外又传来了窸窸窣窣的响声，早有准备的苏墨拉开房门，冷冷地看着门外穿着一身白色睡裙的雪琳。雪琳的手里握着一把匕首，双眼茫然无神，看到苏墨走了出来，她像是被触发了什么开关一样，以迅雷不及掩耳之势扑了过来。

"雪琳，"苏墨一把抓住她的手，"你知道你自己在干什么吗？"

"奉乌邦国国王的命令。"雪琳机械地开口，声音里没有一丝起伏，如同一个机器人，"我要执行任务，制裁叛逆者苏墨。"

"叛逆者？"

苏墨意外地挑了挑眉毛，不等他再多问，雪琳挣脱了他的桎梏，挥舞着匕首再次扑过来。他身形灵活地闪躲了几下，抓住一个破绽，握住雪琳的手臂往下一折——

"啊！"雪琳痛呼一声，匕首"哐当"一声掉到了地上。

面对自己的青梅竹马，苏墨并没有留情，他一个手刀下去，雪琳栽倒在了地上。苏墨捡起她的匕首仔细端详，这是一把造型古朴，没有什么花纹的匕首，除了刀刃很锋利外，从外表看不出任何特殊之处。

"嗯……"

倒在地上的雪琳睫毛翕动了两下，苏墨蓝紫色的眸子里闪着冰冷的光，静静地等待着她清醒。过了一会儿，雪琳睁开了眼睛。

"指挥官？"雪琳从地上坐起身，神情迷惑，"你怎么在这里？"

看清楚自己躺在苏墨房间门口的地板上，雪琳的脸色一下变得煞白，她故作镇定地干笑了两声："哈哈哈，我怎么到你房间门口来了？"

苏墨站起身，不动声色地说："你有梦游的习惯，你自己都不知道吗？"

"原来是这样！"雪琳飞快从地上爬起来，"我还不知道自己有这个毛病呢，没吓到你就好。"

她心虚得不敢看苏墨的脸，急切地转过身："那……指挥官，我先回房间休息了。"

就在雪琳准备离开的时候,苏墨叫住了她:"等等,你忘了东西。"

他从地上捡起那把匕首,递了过去:"你的。"

雪琳猛地抬起头,目光惊恐地瞪着苏墨的脸。苏墨英俊的面容上没有表情,深邃的目光给人一种仿佛被看穿的感觉。

"指挥官,我……"雪琳张了张嘴,"我"了半天,却说不出一句话来。

长久的寂静过后,苏墨率先打破了沉默:"回去休息吧,这段时间你辛苦了。"

冰蓝色的暮气浸染开来,将整座别墅映衬得有点儿阴森,走廊的橘色夜灯只能照亮一小段距离,看着苏墨高大的身影即将消失在卧室内,鬼使神差一般,雪琳用手抵住了门。

"指挥官!"

苏墨停下关门的动作,身后雪琳的声音悲伤而凄凉。

"你是不是喜欢上了夏彤彤?她可是你的任务目标!身为指挥官,你怎么可以感情用事?而且如果你喜欢上了她……那姐姐呢?姐姐怎么办?"

"虽然我们是一起长大,但我的私事你无权过问。还有,我和你姐姐雪晴,不是你想的那样。"苏墨没有回头,声音冷酷无情,"从明天开始,你就不要去彗星电视台了,我会给你请病假。"说完,他"砰"的一声关上了卧室的门。

雪琳一脸惨白:"不,我不相信……"

在她小时候,姐姐天天跟着苏墨学习功课,她就像小尾巴一般,天天跟在他们的身后。随着年龄渐渐增长,她对苏墨产生了不一样的好感,只是姐姐和苏墨是乌邦国里十分有名的一对璧人,也是并肩战斗的伙伴。因此,她一直默默地隐藏着这份心意……

"夏彤彤!"

第十章 永远离开的人

想到这儿，雪琳迷茫的目光又变得坚定起来。哪怕姐姐不在了，她也要替姐姐守好最重要的人！

夏彤彤正睡得迷迷糊糊，枕边的手机忽然发出"叮咚"一声，将她从睡梦中惊醒。她拿起手机一看，是一个陌生号码发来的信息。

夏彤彤，你忘了先前洗澡差点儿淹死的事吗？想知道苏墨为什么会一直跟在你身边，保护你吗？明天上午九点半，花语咖啡厅见。

看完这条消息，夏彤彤觉得自己犹如被人当头泼了一盆冷水，顿时睡意全无。

你是谁？她回复道。

对方再也没有理会她，看着黑屏的手机，夏彤彤再也睡不着了。

仔细想想，苏墨身上有太多的秘密，他对她说话一向有所保留。基于尊重，她也没有追问过。他为什么会一直跟在她的身边，保护着她？

她从来没有深究过。

她从床上坐了起来，心里生出几分惶恐与无措，仿佛长久以来被自己刻意掩藏起来的疑问，一下子被人揭穿了一样。

还有这条信息上提到的，她洗澡时遇到危险的事……除了叶雨兮，这件事她没有告诉过任何人。这个发信息的人，到底是谁？

"呼……不能再逃避下去了。"

夏彤彤深吸一口气，再次看了一眼手机，暗暗在心底下定了决心。

因为这条信息,夏彤彤一整夜翻来覆去都没有睡好,好不容易熬到第二天约定的时间,她迫不及待地出了门。今天虽是休息日,可天气并不怎么好,阴云低沉沉低压在头顶,偶尔从乌云的缝里透出一点儿阳光,让人心情压抑极了。

夏彤彤犹豫了几秒钟,带上了自己的透明长柄伞。

花语咖啡厅是彗星市电视台附近一家比较安静的咖啡厅,平时大家晚上加班,都会过来买一杯咖啡提神,白天却很少人过来光顾。

"叮咚!"

清脆的风铃声响起,夏彤彤推开门,发现店里空荡荡的,可能是时间还早的缘故,漂亮的蓝色桌子旁只坐着一位女客人,她有着一头金灿灿如太阳般的长发。她面前的桌上摆着两杯咖啡,还在氤氲地冒着热气,一看就知道是在等人。

"雪琳?"夏彤彤露出吃惊的神色,"给我发信息的人是你?"

"不然还有谁?"雪琳懒懒地抬抬下巴,"坐吧,我叮嘱了店员不要过来打扰。放心,你想知道的,今天我都会告诉你。"

夏彤彤在雪琳对面坐下:"你怎么知道我之前洗澡差点儿被……"

看到雪琳脸上的神情,她一下子说不下去了,平时挂在雪琳脸上的灿烂笑容消失不见,看着她的目光冷淡得仿佛在看着一个陌生人。

雪琳仔细端详了夏彤彤一会儿,忽然嘲弄地一笑:"真搞不懂,你这种又笨又容易相信别人的女生,到底有哪一点吸引人?"

"你在说什么?"夏彤彤一脸茫然。

雪琳叹了口气:"你是真没脑子还是装糊涂?指挥官来到彗星市三个多月,几乎每天都跟在你身边,你该不会一点儿也没想过他的来意吧?"

"我……"夏彤彤顿时语塞。

雪琳继续说道:"我之所以给你发那条信息,就是不想让你到死都

蒙在鼓里。"

她顿了顿:"夏彤彤,你难道一点儿就没有怀疑过,指挥官那么不惜一切保护你,其实是别有目的?"

夏彤彤的心猛地一颤,呼吸险些停滞:"什……什么目的?"

雪琳弯了弯唇角:"我就实话告诉你吧,其实,我们乌邦国最近发生了很多怪事,许多人生了怪病,皮肤溃烂,还常常出现地震、海啸……我们的科学技术比你们这里要领先很多倍,我们改造了身体的基因,寿命可以达到一百五十岁,但是面对这些怪异的现象,连我们最尖端的科学家都无法解决……"

"这跟我有什么关系?"夏彤彤急促地打断雪琳的话,不知道为什么,她下意识地不想听到雪琳接下来的解释。

雪琳厌烦地皱了皱眉:"那就要问问你自己了!你是我们国家顶尖科学家发现的能解开这些谜题的唯一希望!这也是指挥官来到彗星市的理由。原本他打算使用水之力,趁着下雨天或者你在水中时,打开虫洞将你带到乌邦国,可惜都失败了。"

"你是说……那个浴缸中的旋涡……"夏彤彤惊恐地瞪大眼睛,脑海中浮现出几个月前,自己差点儿在浴缸中溺水的情景……

原来那不是她的幻觉!

雪琳压低声音:"你以为他真的只是想陪着你,保护你吗?醒醒吧!你只是我们的任务对象而已。指挥官对你那么好,只是为了确保在他带你离开之前你的人身安全。如果不能成功带你回乌邦国,他的任务就失败了!"

"可是……"看着雪琳那充满恶意的眼神,夏彤彤的脸色惨白,"可是他为什么不告诉我呢?如果他对我说实话的话,我可以答应他,跟他一起回乌邦国的啊!"

"哈哈哈!"雪琳突然大笑起来,那笑声如银铃般清脆,"你是不是傻?你以为去了乌邦国,自己还能安然回来彗星市吗?我告诉你,如果你去了乌邦国，面对的则是无休无止的人体实验。到时候，痛不欲生的你，一定会后悔自己还不如被陆镜蓝抓住，关一辈子小黑屋呢！"

雪琳的笑声在咖啡厅里回响着，惹得远处柜台后的店员频频探头来看，夏彤彤不敢相信地看着雪琳，浑身仿若浸泡在刺骨的冰水中。

"不可能……怎么会呢？你们凭什么就这么简单地决定我的命运？更何况苏墨……苏墨他不会眼睁睁看着我被人抓走做实验的！苏墨他不是这样的人！"

"住口！不许你这么叫指挥官的名字！"

仿佛被夏彤彤的话刺痛一般，雪琳猛地站起身："太可笑了！你只不过认识了指挥官三个月，有什么资格说他是什么样的人？夏彤彤，我告诉你，指挥官是我姐姐雪晴的未婚夫，他是永远不会喜欢你的！"

"你姐姐？"夏彤彤不明所以。

雪琳激动地从衣服里拉出那枚半月形的宝石吊坠："没错！你见过这枚吊坠吧？这是指挥官和我姐姐的定情信物，你就死了这条心吧！"

"我相信苏墨，苏墨不会这么对我……"

相比苏墨守护她只是为了要利用她的真相，谁是苏墨的未婚妻此刻显得无足轻重。这么一个重磅消息措手不及地砸下来，砸得夏彤彤毫无招架之力，她扔下这句话，像个逃兵一样，仓皇地离开了咖啡厅。

"哈哈哈哈，笨蛋！"

雪琳放肆地嘲笑着夏彤彤，那笑声飘出很远很远，如同一把刀子，一下下剐着夏彤彤那颗渐渐冰凉的心。

第十章 永远离开的人

回到家，夏彤彤像缩头乌龟一样，把自己埋进了被子里。

"不会的，苏墨不会这么对我的……"

苏墨是那么安稳，那么可靠……甚至不惜放弃自己的生命来救她！

"可是，如果他真的只是为了完成任务呢？"

想到雪琳说的那些话，夏彤彤的胸口好像燃起了熊熊的火焰，不停地炙烤着自己的心脏……

"不！不要再想了！"她苍白着一张脸，用被子紧紧地裹住自己，"睡吧，夏彤彤！快睡！睡着了就不会再多想了！"

好不容易陷入沉睡，噩梦却一直缠绕着夏彤彤，她一会儿梦见苏墨把自己带回了乌邦国，突然涌现出一群怪兽不停地追着她跑；一会儿又梦到失踪已久的父亲，他的脸已经模糊不清，只有一个瘦削的轮廓，远远地站在如血的夕阳下。

奔跑着的她停了下来，很快意识到了这是个梦。

"爸爸……"

夏彤彤的心里无法抑制地溢出了一股悲伤，她轻轻地朝远方的身影伸出手。这时，父亲的身旁又出现了一个高大的身影。

她的眼睛一亮："苏墨！"

两个人并排站着，朝她投来淡淡的一瞥，随即转身朝着夕阳走去……

"爸爸！苏墨！"

夏彤彤猛地睁开眼睛，映入眼帘的是自己房间白色的天花板，她从床上坐起身，后背都沁出了一身冷汗。

"这都什么乱七八糟的啊……"

她抹了把脸，一看时间已是傍晚时分，窗外的乌云越压越低，将整个城市的气氛都变得压抑而沉重。

"糟了，我的伞！"

夏彤彤忽然想起上午因为情绪太激动，冲出花语咖啡厅时忘了带走伞。她的脑子乱糟糟的，懒得去咖啡店取回伞，又不想再一个人待着，因此径直去了叶雨兮的店找叶雨兮。

"彤彤，你怎么来了？你等我一下，我马上就下班了！"

店里客人不少，叶雨兮只顾得上给夏彤彤冲了一杯咖啡，就继续忙自己的工作了。夏彤彤坐在等候的沙发上，一边发呆，一边往自己的咖啡杯里加糖。

"彤彤，你在干吗？"好不容易把一位客人送进更衣室，叶雨兮一回头，就看见了一番令人啼笑皆非的画面。

"怎么了？"夏彤彤茫然地低下头，这才发现她居然把撕下来的砂糖包装纸扔进了咖啡杯里，把糖倒进了垃圾桶。

看着咖啡上漂浮着的白色纸片，她一拍脑袋："哎呀，我在干什么？"

说着，夏彤彤还想"抢救"一下眼前这杯咖啡，被淌着冷汗的叶雨兮端走了："算了，都这样了还喝什么啊？我给你再冲一杯吧。"

客人走后，叶雨兮满脸担忧地坐到夏彤彤对面："彤彤，你最近怎么了？整天精神恍惚，愁眉不展的。是不是身体出什么问题了？"

夏彤彤勉强扯出一抹笑容："没……没什么啊！我很好。"

"好什么啊？你看你刚才！"叶雨兮弹了一下她的额头，"说吧，是不是因为苏墨？"

"我……"夏彤彤张了张嘴，她真的很想将心中的苦恼倾诉出来，可是苏墨的身份太特殊，自己又答应过他绝对不能泄露任何关于乌邦国的事。

看到夏彤彤这副样子，叶雨兮会错了意："是因为那个叫雪琳的女生吗？就因为她看起来和苏墨很好，你就要退缩了？"叶雨兮的语气里满是恨铁不成钢。

夏彤彤仰躺在沙发上，心里空落落的："不全是因为这个……雨兮，我怎么办？我真的好难过。"

作为好闺蜜,叶雨兮还从来没有见过夏彤彤这副模样,从认识夏彤彤开始,她一直都是个非常能忍耐的女生。不管多少困难,多么痛苦,她都会坚强地去克服,这还是她第一次说出这样的话!

叶雨兮一把将夏彤彤从沙发上拉起来,可爱的小脸上神情格外认真:"彤彤,如果你真的很喜欢苏墨,那就绝对不能轻易认输!万一只是误会呢?不管有什么大事发生,你都必须从他嘴里得到答案!如果连这点儿勇气都没有,你凭什么说自己喜欢他?"

夏彤彤怔怔地看着叶雨兮,心乱如麻……的确,她不能这样下去了。

"雨兮……谢谢你。"她攥紧拳头,目光变得坚定而明亮,"我知道怎么做了。"

是的,从别人嘴里听一千句话,不如堂堂正正、光明正大地找苏墨问一次!苏墨是那么骄傲,他绝对不会对她说谎!哪怕就是最坏的消息,她也要听他亲口说!

第十章 永远离开的人

阴沉的天气,天黑得很早,苏墨家的别墅区僻静又冷清。湖水倒映着乌压压的云彩,显得格外阴森。一路走来没有看见半个人影,夏彤彤的心里不由得"咚咚"地打起了小鼓。

"彤彤?"

刚刚走到苏墨家的大门前,一道低沉清冷的男声就钻进了夏彤彤的耳朵,她看着突然出现在面前的人,心脏不受控制地漏跳了一拍。

"苏墨……"

苏墨穿着一件灰色风衣,英俊的脸有一点儿苍白,他意外地看着夏彤彤:"你怎么来了?"

天空中刮起了风,有几滴雨水悄悄地落下,砸在头顶,带来丝丝凉意,注视着那双熟悉的蓝紫色眼睛,夏彤彤的心中升起一股酸涩。

"苏墨……我是来找你的。"

看到苏墨的脸,不知道为什么,先前一路上积攒的勇气全都消失不见,夏彤彤狠狠地咬了咬自己的嘴唇:"你告诉我,你之所以从乌邦国来到彗星市,是专门为了抓我吗?"

夏彤彤的质问如此猝不及防,一瞬间,苏墨脸上的血色全都消失不见,夏彤彤立刻就明白了……雪琳说的话是真的!

夏彤彤不敢相信地看着他:"你突然出现在电视台,帮助我,鼓励我,保护我……全都只是为了让我对你放下警惕。要我信任你,依赖你,然后好让你带着我去乌邦国做人体实验,眼睁睁地看我遭受痛苦折磨?"

"不是这样的。"苏墨俊美的脸上露出痛苦的神色,"我是要带你回乌邦国没错,但我绝不会让他们对你下手,你相信我……"

"我不信!"

夏彤彤的鼻尖一酸,愤慨、痛苦、不甘……千百种滋味全都涌上了心头:"你什么都不告诉我,就连你未婚妻雪晴的事也一个字也没提过!

我怎么能相信你？"

"未婚妻……雪晴？"苏墨眼睛里闪过一丝错愕，"你怎么会知道雪晴的？"

雨势渐渐大了，黄豆般大的雨滴"噼里啪啦"地砸落下，很快浸湿了夏彤彤单薄的外套，她苦笑一声。

"我们先进去说好吗？你别淋出病了。"苏墨的眼里闪烁着令人看不懂的情绪，他伸出手想要揽住夏彤彤的肩，被夏彤彤用力一把推开："不要碰我！"

夏彤彤的眼里含着泪，心脏跳得异常激烈，仿佛马上就从喉咙里跳出来："一切都是我自作自受。苏墨，你什么都没有做错，错的是我……"

大雨滂沱，银白色的雨幕仿佛连接了天与地，他们两个人面对面，却看不清楚对方的表情……

苏墨沉默地站着，明明他可以操纵一切水的能量，此时此刻，他却连一根指头都动不了。看着对面垂着头，肩膀不住颤抖的夏彤彤，他的手悄悄地攥成了一个拳头。

"我……我不会跟你去乌邦国的。"泪水混合着雨水流进嘴里，夏彤彤尝到了难言的苦涩，"我不会再犯同样的错误了，我不会再喜欢你……"

她的话还没说完，猛地被拥进了一个冰凉的怀抱——

"小心！"

忽然之间，一阵狂风刮过，夏彤彤只觉得眼前一花，苏墨揽着她的腰肢，带着她飞到了半空中。她惊讶地看着自己的长发在风中扬起，他们两个人的周身仿佛形成了一个真空地带，所有的雨滴都落不进来。

就在这时，一个闪着银光的黑影朝她袭来！

"啊！"她本能地发出一声惊叫。

"砰！"

电光石火间，苏墨幻出一道水盾，挡住了偷袭，转瞬间，那道黑影

第十章 永远离开的人

重新隐进了瓢泼大雨之中。

苏墨强有力的手紧紧地箍住夏彤彤，另一只手掌心朝上浮起蓝光，夏彤彤瞪大眼睛，看着他手心的水滴迅速凝结成薄如蝉翼的冰刃。

"给我出来！"苏墨一挥手，冰刃笔直地朝墙角射去！

"砰！砰！"

接二连三的爆破声响起，黑影终于被苏墨从墙角逼了出来。对方看起来是一个高大的男人，他身披一袭黑袍，脸上戴着一副惨白恐怖的人偶面具，仿佛幽灵一般地飘浮在半空中。

"他……他也是有超自然能力的人……"夏彤彤倒吸一口冷气。

苏墨蹙起乌黑的眉头："藏头露尾，你究竟是什么人？"

黑袍人没有说话，蓦地朝他们飞了过来，"唰唰"两下银光闪过，苏墨抱着夏彤彤左闪右躲。这时夏彤彤终于看清了对方手上的武器："小心！苏墨，他拿着鞭子！"

"我看见了。"苏墨抿了抿薄唇，搂着夏彤彤，降落在门前的台阶上，"这个人很危险，你先进屋躲着！"

"可是……"

"听话！"

眼见对方挥舞着鞭子又攻击了过来，夏彤彤咬咬嘴唇，知道自己再待下去只会拖累苏墨，心一横，赶忙躲进了屋里。

"砰！"

一阵打斗声从外面传来，夏彤彤的手心都沁出了冷汗，她拉开窗帘查看情况——

外面的世界一片银白，在暴风骤雨中，她只能勉强看到苏墨那高大挺拔的身影。他的身形快如闪电，精准地格挡住了所有来自黑袍人的攻击。然而黑袍人拥有强有力的武器，苏墨只凭借自身的力量明显不足，更何况之前受到陆菁菁的折磨，他的力量一直没有恢复。他反击对方的动作越来越吃力……

175

"咔嚓！"

就在黑袍人放松警惕的一瞬，苏墨立马抓住了对方的破绽，徒手拽住了黑袍男的银色鞭子："你到底是谁？有什么目的？"

被掣肘住的黑袍人一点儿也不慌张，反而从面具下传来一声冷笑，苏墨的心里霎时"咯噔"一下。

不好！

"吱吱吱……"

苏墨还没来得及放手，一道蓝光就从鞭子的手柄处传来。

"你！"

猛地受到电击，苏墨疼得单膝跪倒在地，脸上露出痛苦的神色。他用尽浑身的力气想要松开手，却发现自己压根动弹不得。

"苏墨！"

隔着窗户看到这一幕，夏彤彤急得惊叫出声，她刚想往屋外跑，苏墨锐利的目光就像匕首一般的射了过来。

"不许出来！"

夏彤彤犹豫地停下了脚步。

"哈哈哈！苏墨，想不到你也有今天！真是太可笑了，我就知道你就算打架，也会先把周围的居民区隔开，害怕无辜的人受到影响……你那没用的慈悲心，最后只会给你带来灭亡！"

黑袍人猖狂地笑了起来，听着他的笑声，苏墨的脸上浮现出一丝诧异，但很快又被遭受电击的痛苦所取代。

"很早之前我就看你不顺眼了，今天终于被我抓住了机会……"黑袍人高高地抬起手，他的掌心快速地凝起一束褐色的光，"去死吧！"

"不要！"

再也顾不上听从苏墨的阻拦，夏彤彤奋力往外跑去，一道白色的身影比她更快，伴随着悦耳的清脆铃声，如闪电一般冲向了苏墨与黑袍人。

"指挥官！"雪琳晃动着手心的铃铛，一道白光瞬间切断了那根电弧鞭。

"多管闲事！"黑袍人愤怒地转过身，手心的褐色光芒顿时转移目标，笔直地射向了雪琳！

"啊！"雪琳没能躲开攻击，吐出一口鲜血，重重地摔倒在地。

"雪琳！"跑出来的夏彤彤无措地跪在地上，紧紧抱起雪琳。雪琳的裙子依旧雪白无瑕，那双蓝宝石般的眼睛却如同蒙了尘，变得黯淡无光。

"你！"

苏墨从雨幕中站起身来，英俊的面容上燃烧着熊熊怒火。极度的愤怒让他瞬间爆发出巨大的能量。天空中落下的雨滴化为千万片散着寒光的冰刃，直直地朝黑袍人射去。黑袍人见躲避已经来不及，顿时凝聚起褐色的光，将自己团团围住。

"这是……"夏彤彤这才看清那些褐色的光是什么，"是沙砾？"

黑袍人不知道从哪里召唤出了褐色的沙尘暴，将自己裹成了一个圆圆的"蚕茧"，数万冰刃制造出的蓝色牢笼将他围困其中。

"不用管他，他的沙子迟早会被我的冰刃穿透！"苏墨大步流星地奔跑过来，握住雪琳的一只手，"你怎么样？坚持一下，我马上送你去医院！"

"不……不要……"雪琳虚弱地扯出一抹笑容，"苏墨哥哥，没有用了……就让我这样安静地待一会儿。你……你能抱抱我吗？"

177

她抬起眼睛看了夏彤彤一眼，夏彤彤怔愣了一下，轻轻将她送进苏墨的怀里。雨势渐渐变小，停了下来，却衬托得夜晚更加安静而凄冷。

"雪琳！"苏墨紧紧握住雪琳的一只手，"你为什么要这样？就算你不替我挡，我也有办法脱身的！"

倚靠着苏墨宽阔的胸膛，雪琳露出一丝满足的笑容："这……这已经是最好的办法啦……"

她抬起头，苍白的面容带着无限眷恋："苏墨哥哥……这么多年，我一直叫你指挥官，从不敢跨越雷池一步，今天，就让我最后一次这样叫你吧。"

"雪琳，不要说了，我这就带你去找医生！"

苏墨抱着雪琳就起身，被雪琳一把拽住了衣角："你听我说！我……我本来就活不了多久了……"

闻言，夏彤彤和苏墨皆是一愣。雪琳用掌心托起一块小小的蓝色水滴形宝石："对不起，苏墨哥哥……我骗了你，你的微型空间装置我早就修好啦……只是，我不想让你回去……"

雪琳苍白地笑了笑："你应该也发现了吧，我最近有很多不正常的举动……其实，我来这里的任务就是杀了你，带走夏彤彤。"

苏墨的面色十分凝重："别说了，现在看医生要紧。"

"不，我就要说！"雪琳倔强地抓住他的衣袖，"这段时间以来，陈博士通过你的汇报分析，怀疑你对任务目标夏彤彤产生了特殊的感情。他怕你会放弃任务，所以……国王找到了一个神秘人帮忙，神秘人联合了梦境操控师将我催眠，在我的脑海中植入了杀死你的指令。"

听到雪琳说怀疑苏墨对自己产生感情时，夏彤彤的目光不由自主地瞥向苏墨，苏墨还是那副面无表情的模样，仿佛戴上了一个完美的面具，将自己真实的情绪全都隐藏在面具之后。

说到这里，雪琳的声音哽咽了起来，带着浓浓的不舍："而且，他还在我的体内植入了基因自毁的芯片，只要我背叛任务……就会在三十分钟内自我毁灭……"

"什么?"苏墨咬紧了牙关,他从未想过自己效忠的国王陛下,居然会做出这种丧心病狂的事!

"苏墨哥哥,我从小就很喜欢你,你是那么优秀……我对你的憧憬和仰慕一点儿也不比姐姐少。可是你和姐姐看上去那么好,她也是那么喜欢你,所以我只能以妹妹的身份待在你的身边。"雪琳眨了眨眼睛,泪珠从她的眼眶落下。

"夏彤彤,对不起,我骗了你。"雪琳虚弱地冲夏彤彤笑了笑,"我姐姐已经去世好几年啦!那枚吊坠……也只是她和指挥官一起执行任务时,赢得的勋章而已。"

夏彤彤吃惊地瞪大眼睛,一直没有吭声的苏墨终于开口了:"别说了,雪琳。雪晴临死之前想成为我的未婚妻,我亲口答应了她。"

"苏墨哥哥……"雪琳眼神开始涣散,说话也吃力起来,"你不用自责,国王已经……不再信任你……即使你回去也会被关押起来。我……我不能眼睁睁地看你被抓……可是我被催眠过,没有办法控制自己……"

"别说了,你再坚持一下,我带你回乌邦国!求陈博士救你!"

苏墨紧紧攥住那块小小的蓝色宝石,试图调动全身的力量,打开空间虫洞。可是不管他怎么努力,空气中却始终无法出现那个银色的水镜。

"别费劲了……苏墨哥哥,我很自私的。我这样做,就是要你一辈子也忘不了我,所以你不要愧疚……国王他们不会放过你,也不会放过夏彤彤。"雪琳举起手,摇了摇那串精巧的小铃铛,"乌邦国已经灾祸横生,而我……终究躲不过命运的安排……"

一滴眼泪滑下来,雪琳睁大双眼看着苏墨,似乎要将他的身影牢牢记在自己的脑海中。

"雪琳!"苏墨大叫一声。

只见无数白色光点,仿佛吹过漫山遍野的蒲公英花瓣一样,从雪琳的身体中慢慢地浮到半空,照亮了这个没有星星,也没有月亮的夜晚……

当光芒消散过后,原本躺在地上的雪琳已经消失不见,只剩下她戴在手上的那串金色铃铛。

苏墨保持着跪地的姿势一动也不动,他低着头,闭上了眼睛。

"雪琳!"夏彤彤捂着脸放声哭了出来。

第十一章

永不完结的故事

"轰隆隆……"

突然之间,苏墨家开始剧烈地摇晃起来,被雨水浸湿的地面也裂开了一条条裂缝。

"地震了?"

夏彤彤的脸上挂着泪珠,她还没从震惊中回过神,苏墨已经一跃而起,朝她身后伸出手——

"砰!"

蓝色的水盾挡住了偷袭而来的褐色的光,黑袍人不知道什么时候突破了蓝色冰刃"围墙"。

"古邑,你到底想干什么?"苏墨愤怒地大喊出声。他扬起手,淡蓝色的水流仿佛有生命一样漫延开来,将这块区域和别墅区的其他房屋隔离开,保证其他居民不会受到任何影响。

夏彤彤捡起地上的铃铛,听到苏墨的话不由得一愣,听他的语气,好像认识这个攻击他们的人。

"都什么时候了,你还在假惺惺地卖弄你的慈悲?"古邑冷哼一声,"得不到的,我宁愿毁灭,也不让你落入其他人手中!"

古邑说完这一句,周围忽然扬起一阵狂风,他身上的黑袍随风飘荡,慢慢地,从他的脚底升起一抹火红。

"不好!他马上要自爆了,你快跑!"苏墨反身将夏彤彤推开,"你戴着雪琳的铃铛可以躲避伤害,离这里越远越好!"

"不,要走一起走!"夏彤彤拉住苏墨的手。

"啊啊啊!"在突然席卷起的狂风中,古邑发出痛苦的惨叫,他浑身被火焰所包围。地面的震动越发加剧,让人连站都很难站稳。

"快走!"苏墨的胸前凝起一束银色的光芒。

这次夏彤彤终于看清楚,苏墨精致的锁骨下方有一个水滴形状的印记。水滴印记发出的银色光芒越发耀眼,苏墨抬起手,在夏彤彤的额心轻轻点了一下。

"忘了我吧。"

随着苏墨的一声叹息，夏彤彤瞬间被弹开来，她周身被蓝紫色的水雾包围，裹挟着她朝远处飞去——

"苏墨！"

苏墨回头看了夏彤彤一眼，那双如宇宙星空般神秘美丽的眸子里，最后闪现出一丝浓浓的眷恋。接着，他浑身散发出银色的光芒，仿佛一把利剑，飞速朝那团红色的火焰飞去！

泪水迷蒙了夏彤彤的视线，她声嘶力竭地大喊："苏墨，不要啊！"

"砰！"

震耳欲聋的爆炸声响起，苏墨的家瞬间四分五裂，火光冲天。即使有了蓝色水雾的保护，夏彤彤也还是被炸飞的碎石头击中，重重地摔倒在地上。

"苏……墨……"

夏彤彤被摔得头昏眼花，一块石头狠狠地砸在她的头上，剧痛和晕眩一起袭来，意识消散前，她用力握紧了手中的铃铛。

"本市快讯，近来雷暴天气为彗星市的居民造成了极大困扰。前方记者传来消息，一束罕见球形闪电击中了某高档别墅小区，现场发现一位女性市民受伤……"

呃……是谁在说话？吵得人睡都睡不安稳。

"好吵……"

电视机里女主持人的声音钻进耳朵，夏彤彤从昏昏沉沉中醒来，入目是一片刺眼的白——雪白的天花板上雕刻着天使宝宝的浮雕，枕头和被子柔软如同棉花，窗外的阳光透过白色的窗帘照射进来，在被子上形成一片浅金色的浮光。

"呃……"她揉了揉太阳穴，觉得口干舌燥，喉咙里像有火焰在灼

烧一样，身体一动就牵扯出一阵酸痛。

她这是在哪儿？发生了什么事？

夏彤彤眨了眨眼睛，感觉自己好像做了一个很长很长的梦，可是梦里发生了什么，却完全记不清了……她只记得那滔天的火焰，还有消失在火光中的一抹银色身影……

"啊！"心口忽然传来一阵剧痛，夏彤彤捂住自己的胸口，大口大口地喘起气来，"呼……呼……"

"咔嗒。"

一个穿着白衬衣的帅气男生推门走了进来，看到夏彤彤这副样子，他吓得赶紧跑过来，握住她的手："彤彤，你怎么了？哪里痛吗？医生，医生！"

"不……不用。"夏彤彤抬起手制止了他，深吸了两口气，总算缓过了劲，"江潮，我没事。"

江潮那双如墨的瞳仁里满是激动："真的没事吗？彤彤，你不要逞强啊！有什么不舒服一定要告诉我！"

"都说了我没事啦！"夏彤彤摆了摆手，随即捂住胸口。

不知道为什么，她的心里充斥着一股浓郁的悲伤，那悲伤仿佛涨潮的海水，就快要将自己淹没。

她好像失去了什么……

"我还是叫医生来看看吧，做一个全面检查，也能放心一点儿……"

夏彤彤打断了江潮的话："我这是发生了什么吗？"她挣扎着想要坐起来，后背又传来一阵酸痛。

江潮连忙将夏彤彤扶起来，体贴地竖起枕头让她倚靠："你被送来医院后，已经昏迷三天了！"

"三天！"夏彤彤吃了一惊。

江潮殷勤地给夏彤彤倒了一杯水："嗯，你遇到了百年难得一见的雷击……万幸的是医生说你的身体没什么大碍。"

"雷击？"夏彤彤目瞪口呆。

江潮拿出手机，打开新闻页面给她看："你看，真是太离奇了！不过你好端端的，跑到郊区的别墅区干吗？"

夏彤彤接过手机，新闻标题赫然写着——别墅雷击！价值五千万的高档别墅被火烧殆尽。

看完新闻内容后，她连喝了好几口水给自己压惊。

她揉了揉脑袋，努力地回忆着："关于爆炸我倒是有点儿印象……可是我也不知道我为什么会去那……难道是有什么工作需要？"

夏彤彤越想越摸不着头脑，她脑海里的记忆一片空白，好像被人删除了一样，别说她跑去别墅区的理由，就连去那儿干了些什么，她都完全没有印象。

"真让人后怕！我们还是在新闻上看到你受伤的消息……对了，我得通知雨兮一下，这几天她担心得吃不下睡不着，我刚刚好不容易劝她去休息一会儿。"说着，江潮拿出手机去病房外给叶雨兮打电话。

趁江潮离开的空当，夏彤彤仔细检查了一下自己的身体，好在都是一些没有什么大碍的皮外伤。

"嗯？这是什么？"

夏彤彤注意到雪白的枕头底下露出一抹金色，她拿起来一看，发现是一串小小的铃铛手链，轻轻摇一摇，铃铛发出清脆悦耳的声音。

"啊！"

一瞬间，那锥心般的痛楚又袭上心头，夏彤彤用力捂住自己的胸口，不知道为什么，大颗大颗的泪珠从眼睛里涌了出来。

"我……我这是怎么了？"

　　打完电话进来的江潮见状，强烈要求医生对夏彤彤做一个全面检查，在他的坚持下，夏彤彤只好同意了。检查结果出来，医生说夏彤彤的身体已无大碍，至于她的记忆断层，可能是创伤性后遗症。

　　"彤彤，想不起来就不要想了，那些不愉快的记忆忘记也好……对了，你饿不饿？我去给你买点儿粥。"送走医生后，江潮轻轻将夏彤彤的发丝撩到脑后，满脸关心。

　　"不用了……我一点儿也不饿。"夏彤彤摇了摇头。她把玩着手中的金色铃铛手链，说不上为什么，一种怅然若失的感觉弥漫在心头。

　　"这串铃铛手链对你很重要吗？"江潮好奇地问，"第一个发现你的警察说，你昏倒以后，手上还紧紧地攥着它，后来医生想给你做检查，都掰不开你的手。"

　　"是吗？"夏彤彤讶异地抿了抿嘴唇，"可是我不记得了……"

　　她闭上眼睛，努力回想着昏迷之前的情形，脑海中依稀出现冲天的火光和轰鸣的爆炸声。那并不是什么闪电，两个闪着光的人影撞击在一起……

　　医生说那是她在昏迷时的梦境……这是真的吗？

　　明明除了那些破碎的场景，她什么都记不起来……可是为什么，她的心里会觉得那么悲伤呢？

　　"彤彤，你终于醒了！"

　　一道清脆的女声突然闯了进来，还没等夏彤彤反应过来，一个温热的身体扑在了她的身上。

　　"雨兮……"

　　夏彤彤的思绪被叶雨兮打断，她睁开眼睛，只见叶雨兮满脸泪痕。叶雨兮平时非常注重形象，此刻却蓬头垢面的，漂亮的眼睛泛着一圈遮掩不去的黑眼圈。

　　"呜呜呜！彤彤，我好担心你啊！"

　　"我没事了……"夏彤彤的心中漫过一股暖流，不住地拍着叶雨兮的肩膀安慰,"对不起,让你担心了。"

"你知道我有多害怕吗?"

看着好闺蜜浑身颤抖的模样,夏彤彤心里惆怅的情绪似乎找到了发泄口,鼻尖也涌起了一股酸涩,眼泪如断线的珠子一般滑过脸庞。

"对不起!对不起!"

看着抱在一起的两个女生,江潮体贴地转身离开了病房。

不知道哭了多久,夏彤彤揉了揉紧绷的面颊,只觉得眼睛酸涩得厉害,叶雨兮也停止了大哭,小声抽噎着。两个人看着对方红肿的眼睛,凌乱的面容,都不约而同地笑出声来。

"你看你,哭得妆都花了,像只小花猫!"夏彤彤从床头柜上抽了一张纸巾,递给叶雨兮擦眼睛。

叶雨兮嘟着嘴,声音哑哑地说:"你怎么一点儿都不清楚问题的严重性!你可是差点儿被闪电劈中啊!"

"哇!那我岂不是可以吹一辈子的牛了?"夏彤彤俏皮地眨眨眼睛,"以后上节目,我就可以说自己是大难不死,锦鲤本人了!"

叶雨兮"扑哧"一下喷笑出声:"你还有心情开玩笑?"

两个好朋友给彼此整理起衣服和仪容来。大概是职业病吧,哪怕夏彤彤穿着病号服,素面朝天,叶雨兮都恨不得把她打扮得光彩照人。

正当叶雨兮一边絮叨着一边帮夏彤彤编头发,江潮推开门走了进来:"当当当,肚子饿了吧?我给你们送外卖来啦!"

他帅气的脸上笑容灿烂,露出八颗洁白的牙齿:"燕窝红枣米粥,美容养颜,对身体好!"

"谢谢。"夏彤彤不好意思地道谢,刚才她已经听叶雨兮说她被送进医院时,江潮第一时间跑过来帮忙,不辞辛苦地忙前忙后。

"医药费,我出院以后会马上给你……"

夏彤彤的衣袖忽然被人重重拉了一下,她扭过头,正对上叶雨兮不满的眼神。

江潮尴尬地放下外卖的袋子:"咱们不是朋友吗?这个你可千万别给我算啊!"

见状,夏彤彤只好转移了话题:"那医生有说我什么时候可以出院吗?我还有工作……"

"喂,夏彤彤!"叶雨兮怒气冲冲地打断了她,"不管什么工作,都比不上你的身体啊!我前几天已经帮你请假了,你先休养好身体再说吧!"

"那怎么行,我已经休了好几天了!"夏彤彤焦急起来,"我是主持人,如果擅自离开节目的话,会给多少人带来麻烦啊!"

"好啦,你们别吵啦!"江潮打断了快要陷入争执的两个人,"既然医生说没问题,就尊重彤彤的想法吧。"

随即,他瞥了一眼夏彤彤的脸:"那个……我还有点儿事,我就先走了。"

江潮神色黯然地离开后,叶雨兮看着夏彤彤,蹙起了眉头:"彤彤,你到底怎么想的啊?江潮明明这么好,看到你受伤,他比我还着急!昨天晚上在这儿守了你一夜,他到底哪里让你不满意了,为什么你每次都要跟他这么客气生疏……"

"雨兮,"夏彤彤轻轻开口,"我对他没有感觉。"

床头柜上,江潮送来的粥还散发着甜甜的香气,她微微低下头,那串金色的铃铛反射出神秘的光。

她知道,自己欠江潮的实在太多了,可喜欢不是感恩和愧疚啊。

见夏彤彤身体没有大碍，叶雨兮回去工作了。当天晚上，夏彤彤坚持出院，江潮过来帮她收拾东西，送她回家。

一路上，夏彤彤都没有开口说话，一直低着头看手腕上的金色铃铛。她的脑海中，隐隐出现一个高大的人影，可无论她怎么努力回忆，都记不起那个人的容颜。

看着夏彤彤郁郁寡欢的侧颜，江潮忍不住开口问："彤彤，你这两天是怎么了？身体不好，就不要勉强出院啊。"

"你说什么？"夏彤彤回过神来。

江潮满脸担忧地看着她："你一直都魂不守舍的，是我给你太大压力了吗？"

夏彤彤一怔，下意识地开口："对不起……"

江潮是一个好男生，他值得比她更好的人，而不是在她身上浪费时间。

这么想着，夏彤彤轻声开口："江潮，你真的很好……可是，我真的对你没——"

"彤彤，别说了！"江潮的手握着轿车的方向盘，指节用力到发白，"能在你身边守护着你，我已经很开心了！我们就这样，当朋友吧……"

"江潮……"

心里的愧疚和难过让夏彤彤不知道该说什么，认识这么久，她好像一直在伤害这个光芒万丈的男生。

回到家，夏彤彤打开手机电话簿，想要联系叶雨兮报声平安，当翻到一个叫"超级无敌雨神"名字时，她的手停顿了下来，不知为何，心脏也跟着"怦怦"剧烈跳动起来。

那种令人喘不过气的感觉又来了。

这个人是谁？她怎么也记不起来，只是直觉好像这个人对她很重要。

夏彤彤拨打起那个电话，手机里传来一阵"嘟嘟"的急促声，并没有人接。

晚上入睡之后，夏彤彤做了一个奇怪的梦。梦里下着一场很大的雨，大到将整个城市都淹没，天地间一片昏暗。在狂风暴雨中，一个穿着灰色风衣的人影朝她伸出手，她努力想要看清楚他的脸，但怎么也看不清楚……

"别走！求你了，别走！"

醒来时，夏彤彤发现自己的枕头湿了一大片。

"我哭了？"她难以置信地摸了摸自己的脸，发现全是泪痕。

百思不得其解，夏彤彤干脆就此起床。天刚蒙蒙亮，吃过早餐后，她赶去彗星市电视台上班。请假这么久，不知道《谁是大侦探》节目怎么样了……

怀着忐忑的心情到了电视台，夏彤彤发觉大家看她的眼神都怪怪的，一种不安的情绪瞬间将她笼罩住了。忽然，她瞥到王心的助理小陈抱着一摞材料从身边路过。

"小陈，"夏彤彤一把拽住她，"等一下！大家是怎么回事？怎么都这样看着我？"

"彤彤，"小陈的脸上也露出惊讶的神情，"你可算来上班了！你没有提前通知就请假一周，领导很生气呢！"

小陈左右看看，见四下无人，将她拉到一旁："还有一件事，你要做好心理准备……有传言说领导打算把你换下《谁是大侦探》。"

"什么？"夏彤彤吃惊地道，"可我不是无缘无故请假呀！我遇到了事故受伤住院了。"

"唉，不说了，你赶快去找副台长吧。他说过让你一来上班，就立刻去找他。"

小陈拍拍夏彤彤的肩膀，抱着材料赶快走开了，留下夏彤彤一个人呆呆地站在原地。

怎么会这样？她还是先去道歉吧。

夏彤彤平复了下心情，虽然对于她来说是遇到了意外，但对于其他人来说，他们的工作也被她影响到了。幸好她将住院的病历都带来了，希望副台长看到，能对她网开一面。

印象中，副台长是个通情达理的人。

来到副台长办公室，夏彤彤小心翼翼地敲开门。陈御剑正一个人坐在办公室里，看到她，顿时站了起来。

"夏彤彤！"陈御剑的脸涨得通红，"身为综艺节目主持人，你无故请假一周，你知道这样会导致多么严重的后果吗？《谁是大侦探》这个节目已经停播了！"

"停播？"这个消息仿佛一个惊雷，震得夏彤彤措手不及，"怎么会这样？"

"反正节目已经停播了，你准备走人吧。"陈御剑挥挥手，懒得再跟她说一句话。

"副台长，拜托您千万不要啊！"夏彤彤连忙从包里拿出住院证明，急得泪水在眼眶里打转，"您看！我真的一直在住院！这是我的检查报告、病历和医院开具的住院证明，您看看……我真的不是无缘无故请假的。"

陈御剑接过资料，扫都没扫一眼，径直丢在了桌上："你工作才多久，为什么总是出状况？就算你是住院，可也让节目开了天窗。后果已经造成了，总不能对你搞特殊吧？"

"对不起，请您给我一次机会吧！"

"唉,我也不是不近人情。夏彤彤,你是一个很好的主持人。"

陈御剑语气缓和下来,就在夏彤彤的心底升起了一点儿希望时,他拿出手机,编辑了一条短信发给了她。

"叮咚!"

夏彤彤看着手机短信上的一串数字,一脸茫然:"副台长,请问这是什么啊?"

"这是我的私人账号,"陈御剑嘴角扬起一抹意味深长的笑意,"一个礼拜内,你往这个卡里打十万,我就帮你打点好一切。你还是可以继续做你的主持人,《谁是大侦探》节目也可以复播,怎么样?"

"什么,十万?"夏彤彤震惊地愣在原地,久久无法从巨大的冲击中回过神。

陈御剑扬了扬眉毛:"怎么样?夏彤彤,你是我们的招牌节目主持人,不会连这一点儿小小的要求也不答应吧?"

"对不起,我不能答应!"夏彤彤深吸一口气,鼓足勇气道。

别说她没有这十万,就算有,她也不会答应。这种赤裸裸的索贿行为,她不会接受的!

陈御剑脸上的笑容一滞。

夏彤彤努力压抑着心中的愤怒:"副台长,我并不是无故请假,当时救助我的警察、医生,还有新闻报道都可以给我做证!如果您以这种荒谬理由开除我,我会申请劳动仲裁,把这件事发到网上去!让大家评评理!"

"你……"陈御剑气得满脸通红。

夏彤彤举起自己的手机:"而且,如果我把这条短信拿给台长看,你说他会怎么想?"

"你……"陈御剑顿时被噎得说不出话,他没想到这个弱不禁风的丫头片子居然敢这样威胁他。

第十一章 永不完结的故事

"把手机给我!"陈御剑想趁其不备夺下手机,夏彤彤连忙将手机护到怀里,充满戒备地说:"副台长,这个证据我就留下了,我也只是想好好工作而已!"

面对掌握着人事大权的副台长,夏彤彤本该害怕的,然而她的胸口没由来地燃起一股勇气,促使她做出这种她平时根本不敢做的越矩行为。

她的耳边仿佛响起了一道低沉的男声——

"你比你想象的要更厉害。以后的日子,你要更加坚强才行。"

是谁?是谁曾经在她的耳边,温柔地轻声鼓励过自己?

夏彤彤忍住就要涌出眼眶的泪水:"我就给您三天时间,如果……如果副台长您改变了心意的话,请重新考虑《谁是大侦探》节目吧!我先走了。"说完,她转身快速离开了办公室。

在她背后,陈御剑的声音冷冷传了过来:"想跟我斗?夏彤彤,你会后悔的。"

夏彤彤跌跌撞撞地跑到电梯间,眼泪终于控制不住砸了下来,刚刚的强势一下子如泄了气的皮球,消失得一干二净……

完蛋了!她居然威胁了副台长!他肯定不会放过她!

现在怎么办?难道她就这样止步梦想了吗?

现实并不会因此而改变,夏彤彤刚回到家,就接到电视台的通知,取消了她手上所有的工作。她所在的微信工作群里本来聊得热火朝天,一看到这个消息,没有一个人肯说话了。

"哈哈,真是……太讽刺了吧?"

她苦笑着,明明她什么也没做错啊!

夏彤彤没有将自己的事告诉叶雨兮和江潮,他们已经帮了她太多,她不想再让他们为她担心了。

"不就是暂时没有工作嘛……"她一边啃着薯片,一边安慰自己,"最坏的结果也就是被赶出电视台,到时候再找新的工作好了!"

也不知道是不是老天开眼,听到了夏彤彤的祷告,就在她"家里蹲"

的第三天,忽然收到了一封彗星市电视台发来的邮件。

夏彤彤,请你于明天上午九点半,前往彗星市电视台1号会议室,讨论最新一期《谁是大侦探》节目策划。

夏彤彤不可思议地盯着那封邮件,反复看了好几遍,才敢确定不是自己眼花。

"叮咚!"

正在这时,叶雨兮发来了一条微信:

彤彤,你赶快看新闻!那个陈御剑不是你们副台长吗?他被抓了!

夏彤彤连忙打开电视机,第一眼就看到正在播出的新闻画面,女主持人面色肃然地读着新闻:"彗星市电视台再次爆出丑闻——经受害者匿名举报,副台长陈御剑收贿受贿,证据确凿,现已撤除其副台长职位,并对其进行起诉,警方已立案调查……"

夏彤彤惊讶得张大了嘴巴。

下一秒,叶雨兮打过来电话:"喂?彤彤,你们副台长向员工索要钱财被人举报,那个主持正义的大侠是谁?不会是你吧?"

"不是我。"夏彤彤打开了一瓶冰镇可乐,这几天沉闷的心情一扫而空,"这位大侠是谁我不知道,但我知道,胜利之神是站在正义这一方的。"

她一边喝着可乐,一边在网上浏览着新闻帖子。网上铺天盖地都是陈御剑的负面新闻,那个匿名举报人的证据非常充足,就连陈御剑银行账户的灰色收入明细都被曝光了。

不管是谁,夏彤彤都非常感激这个人能站出来,将这种不公正之事揭露,还大家一个公道。

陈御剑被抓的消息在彗星市电视台里引起了轰动，原本死气沉沉的工作微信群又热闹了起来，大家纷纷向夏彤彤道歉——

对不起啊彤彤，之前因为节目突然被解散，我太生气了，所以才不理你的……你别怪我啊！

是啊，彤彤，我们也不想不理你的，都怪副台长，他说不许我们和你私下联系……

就是就是，原谅我们吧！

看着大家热情洋溢的消息，夏彤彤赶紧一一回复，表示自己并不放在心上。微信群里的一条新消息忽然引起了她的注意——

你们还叫他副台长啊！快别这么叫了，听说新的副台长明天就来台里任职了，你们到时候可别叫错人了！

新任副台长？

夏彤彤停下了回复信息的手，那条消息很快就被无数条新的消息淹没。

什么？新领导？

新领导什么样啊？不会又是一个"陈副台长"吧？

不会不会！大家放心，我已经替大家看过了，新任副台长长得可帅啦！

这条消息引发了女员工们的热情，她们全都在询问新任副台长的具体长相，夏彤彤的目光不由自主地落到了右手腕的铃铛上。

不管怎么样，节目能重新开播就是好事。

尾声

第二天一早，夏彤彤神清气爽地去电视台上班，为了庆祝，她还特地好好打扮了一番。她穿着一身清新的鹅黄色蕾丝连衣裙，可爱的兔子耳朵高跟鞋，高高扎起的丸子头俏皮又活泼。

乘电梯的时候，夏彤彤忍不住打量了一眼电梯壁上映出的自己。为什么她的心情这么好呢？只是等个电梯而已，嘴角都忍不住微微上扬。

"叮咚"一声，电梯门开了，助理小陈站在电梯间外，心急火燎地抓住夏彤彤的肩膀："哎呀，彤彤，你总算来了！快快快，开会前先去一趟副台长办公室，新来的领导要见你！"

夏彤彤莫名其妙地被小陈推着走："见我？为什么？"

"哪有这么多为什么，你快去吧！"

来到副台长办公室门口，夏彤彤有些怔愣，厚重的酒红色木门上，"副台长办公室"六个大字未曾改变，而里面的人却不再是同一个。

不知道为什么，她的心脏"扑通扑通"狂跳起来——

"咚、咚。"

夏彤彤犹豫了几秒，鼓起勇气举起手，敲响了门。

办公室里，传来一道低沉悦耳的男声：

"请进。"

——本季完——

番外

水瓶物语·指挥官不为人知的一面

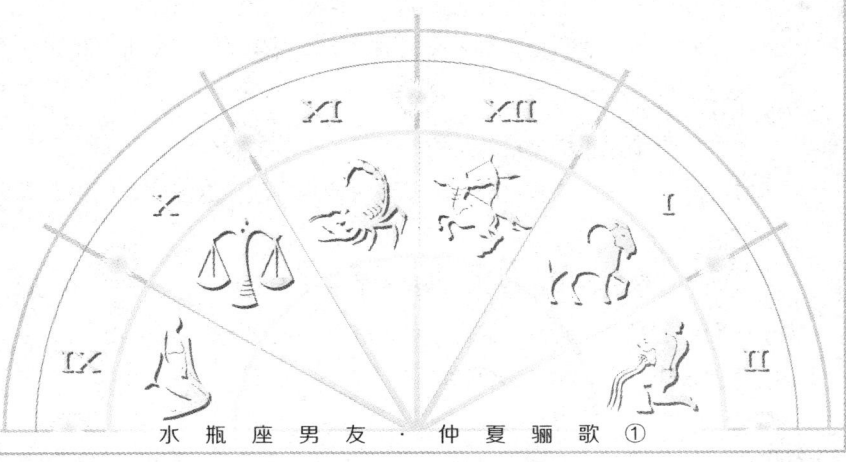

水瓶座男友·仲夏骊歌 ①

阳光透过巨大的落地玻璃窗，洒进纯白色的卧室，夏彤彤四仰八叉地躺在软如棉花的大床上。她懒洋洋地翻了个身才睁开眼睛，特殊材质的玻璃将阳光折射出七彩的流光，仿佛无数道彩虹在卧室里流转。

这几个月对夏彤彤来说，如同做梦一样，不过……如果真的是梦，她希望这个梦永远不要醒来。

"轰隆！"

卧室外突然发出一阵轰鸣声，夏彤彤捂着耳朵，坐起身来："天啊……又来了！"

顾不上其他，她光着脚丫踩在地板上，一路小跑到客厅，眼前的一幕让她目瞪口呆——客厅里一片狼藉，好像被狂风席卷过一般，屋内弥漫着蓝色的水雾。苏墨穿着一件灰色长袍，亚麻色的头发短短地贴在他的头皮上，那双蓝紫色的眼眸迷茫地望着自己的双手。

"苏墨，你在干吗？"夏彤彤气得大吼一声。

苏墨最近迷上了研发新事物，运用他的特殊能力，制造各种乱七八糟的东西，把家里闹得鸡犬不宁。

苏墨没有说话，只是抬起头，冷冷看了夏彤彤一眼后，双手在空中环绕了一圈，将蓝色水雾收拢在胸前。接着，他的胸前泛出蓝紫色的光芒……当水雾消散过后，家里重新变得干净整洁。

"苏墨，你最近是不是太闲了？"吃早饭时，夏彤彤数落起苏墨来，"你留在彗星市生活，是不是不太习惯？电视台的工作，你也只是偶尔去一下……"

"我一直都在工作，这就是我的工作。"苏墨拿起一份三明治，优雅地咬了一口，"无论我在哪里，都应该要想办法让这里的人们生活得更加便利。"

夏彤彤无语望苍天："可是彗星市的人又不全都像你……有特殊能力……而且朋友，你研发清洁器之前，有听说过扫地机器人吗？"

"那是什么？"苏墨疑惑地问。

"用来扫地的机器啊！"

一瞬间，苏墨的背脊僵硬住了。

"你不知道？你没有想到对吧？"夏彤彤猛地瞪大眼睛，爆发出一阵大笑，"哈哈哈哈！你下次再想研发什么，可以先问问我啊……"

苏墨光洁的额头上暴出几根青筋："闭嘴。"

"哈哈哈……好，我闭嘴……"

夏彤彤一边敛住嘴角的笑容，一边偷看苏墨铁青的脸……这个家伙，偶尔有点儿可爱呢！

意林・轻文库 心动策划"星梦男神"青春大系列
十二款花样美少年，款款悸动你的心！

系列重磅首发

十二款超梦幻
花样美男
款款悸动你的心！

随书附赠：
珍藏版"十二星梦男神卡"

《巨蟹座男友・八音霓裳①》
他是古风音乐圈大神，也是计算机系男神。
他坚定、忠诚，目光只为她而闪耀。
他是温暖专一的巨蟹座，等你来签收！

《天秤座男友・观花魅影①》
他是街头魔术师，也是私人影院老板。
他风度翩翩，冷静克制，却愿为她打破一切原则，牺牲自我。
他温和、内敛，将满心爱意深藏。
他是优雅神秘的天秤座，拨动你的心弦！

《水瓶座男友・仲夏骊歌》《白羊座男友・寒星之下》《射手座男友・绮罗星辰》
步履不停，壮观来袭！书名以实际出版为准